D1619646

Audrey Bernhardt

DE PASSAGE

Mon Petit Éditeur

Retrouvez notre catalogue sur le site de Mon Petit Éditeur :

http://www.monpetitediteur.com

Ce texte publié par Mon Petit Éditeur est protégé par les lois et traités internationaux relatifs aux droits d'auteur. Son impression sur papier est strictement réservée à l'acquéreur et limitée à son usage personnel. Toute autre reproduction ou copie, par quelque procédé que ce soit, constituerait une contrefaçon et serait passible des sanctions prévues par les textes susvisés et notamment le Code français de la propriété intellectuelle et les conventions internationales en vigueur sur la protection des droits d'auteur.

Mon Petit Éditeur
14, rue des Volontaires
75015 PARIS – France

IDDN.FR.010.0119899.000.R.P.2014.030.31500

Cet ouvrage a fait l'objet d'une première publication par Mon Petit Éditeur en 2014

À toi, Chéri,

et à notre bébé, perdu à jamais
dans les limbes insondables de notre cœur.

Décembre 2007.

Elle contemple, révulsée,
ce reflet effroyable et elle se sent spoliée, vidée d'elle-même.

Première partie

I

Cela fait deux heures maintenant qu'elle effleure avec horreur les stries de son visage froissé. Seule devant son miroir, elle sanglote. C'est une belle matinée pourtant, claire et fraîche. Il y a là-bas, quelque part, de jeunes amants qui s'embrassent, se caressent et se désirent, c'est sûr, elle le sait… Elle a mal à en crever, là, toute seule dans sa salle de bain morose et la jeunesse est partout, dans les parcs, dans les rues, dans les chambres d'hôtel, au fond des lits poisseux… Elle pense à cet inconnu, là-bas, qui caresse le corps d'une femme, encore et encore. Il goûte inlassablement la peau veloutée, lisse et brillante, qu'il fait glisser sous ses doigts éblouis. Il aspire avec violence les lèvres charnues, pour se délecter ensuite des seins fermes et tendus… alors que son corps à elle, son corps fripé, ce n'est plus qu'une sorte de chiffon oublié sur la route de la vie. Qui pourrait aujourd'hui la toucher sans dégoût ? Pas même un médecin.

Elle contemple, effrayée, les tranchées qui sillonnent sa chair… et elle ne se reconnaît pas… La vieillesse, la décrépitude, la dégénérescence… tous ces mots n'évoquent rien d'autre que la flétrissure du corps, mais la réelle douleur, c'est la conscience de n'être plus qu'une loque dégoûtante au visage de cire fondue. Qu'il en profite, qu'il lui bouffe son corps à l'autre jeunette avant qu'elle se fasse dessus et qu'elle perde ses dents !

— Tout va bien, chérie ? Ça fait des heures que tu es enfermée là-dedans ! Les enfants vont arriver et rien n'est prêt !
— Oui, oui ! J'arrive tout de suite !

— Tout va bien, n'est-ce pas ?
— J'arrive !

Comment veut-il que ça aille ! Est-il aveugle au point de ne pas voir ce que nous sommes devenus ? Les enfants, les petits-enfants... Ah ! Ils nous regardent avec les yeux de la jeunesse puante et insultante ! Ils ne nous croient pas, ces fous, ces inconscients, quand on leur dit qu'on a eu leur âge et ils se foutent bien de tout ce qu'on peut avoir sur le cœur : « Mais oui, mamie, tu nous l'as déjà dit ! Oh ! C'est bon, tu vas pas recommencer ! Non, on n'a pas le temps de venir vous voir, on n'est pas à la retraite, nous *!* » *Autrement dit :* « Ton haleine putride sent déjà la mort, mamie, et tu vas bientôt pouvoir aller raconter tes histoires emmerdantes aux vermisseaux, qui crient famine... »

Le temps passe et elle ne parvient pas à s'arracher à ce miroir, qui renvoie l'image atroce de la vieillesse et de la mort, qui renvoie, paraît-il, son propre reflet... Non, impossible. Que reste-t-il de la petite fille insouciante qui se gavait de fraises et riait de tout ? Que reste-t-il de cette grande et belle jeune fille aimant la vie comme personne ? Rien, absolument rien. C'est cet esclavagisme de la fatalité qui lui apparaît, là, ce matin, dans sa salle de bain, alors que rien ne le prévoyait et elle ne le supporte pas. Son destin – ce qu'il en reste – est déjà tout tracé : la déliquescence, la maladie, le lit, le trou. Elle se rend compte avec horreur que le combat pour sa liberté, qu'elle a mené toute sa vie et qu'elle croyait avoir remporté, est définitivement perdu. Elle rigole moins, maintenant, la féministe, la militante, celle qui s'est rebellée contre toutes formes d'oppression, que va-t-elle faire, là, face à cet ennemi invincible ?

En tous les cas, elle ne se laissera pas terrasser, écraser, piétiner, humilier sans lui en avoir fait baver un peu, à la Mort...

II

— Je vous assure ! Je ne comprends pas ! Elle est sortie de la salle de bains, elle s'est excusée d'avoir mis tant de temps à se préparer, et puis, c'est tout !

— Mais enfin, elle t'a bien dit quelque chose !

— Je te le répète ! Juste qu'elle filait chez le pâtissier prendre notre commande ! Elle m'a embrassé – très fort d'ailleurs, plus fort que d'habitude – Je te jure que c'est tout ! Oh ! Je suis terriblement inquiet, tu sais… Ça fait déjà deux heures qu'elle est partie !

Le visage défait, l'air hagard, le vieil homme reste là, immobile, vidé. Il tente de retenir ses larmes qui perlent au coin de ses yeux tombants et pochés. Malgré tous ses efforts, elles ravinent inlassablement les sillons de son visage. Il se traîne alors difficilement, telle une marionnette grotesque, jusqu'à son fauteuil à elle. Il ne cherche plus à contenir ses pleurs. Il a compris. Il sait qu'elle ne reviendra pas. Personne ne la connaît mieux que lui, cette femme qui partage sa vie depuis quinze longues années. Cette femme, impétueuse, entière, admirable. Cette femme, sa femme… Il le sait, il le sent, car en partant c'est un peu de lui qu'elle a emmené…

— Mais enfin, papa ! Ressaisis-toi ! Ce n'est pas le moment de te morfondre ! On va la retrouver ! Elle a dû avoir un malaise et quelqu'un l'aura emmenée à l'hôpital, voilà tout !

— Ce n'est pas la peine… Le vieillard prononça ses mots d'une voix presque imperceptible, sans lever le regard.

— Comment ça, ce n'est pas la peine ? Tu sais quelque chose ?

— Non, mais quoi qu'elle ait décidé, tu dois la laisser faire, sans chercher à l'en empêcher…

— Mais tu débloques, ou quoi ? Chéri, s'il te plaît, emmène les enfants chez ta mère ; moi, je vais me renseigner à l'hôpital, pendant que ma sœur se rendra au commissariat. Toi, papa, on te laisse seul un moment, ne bouge pas, repose-toi, et reprends tes esprits, s'il te plaît.

III

Voilà maintenant des heures qu'elle avance, entièrement absorbée par ses pensées, revivant le passé, oubliant le présent. Ses longues jambes grêles, boursouflées de varices douloureuses, se meuvent mécaniquement. Chose incroyable et mystérieuse que ces deux os décharnés qui portent et emportent un semblant de corps, sans obéir à une quelconque volonté de l'esprit.

C'est une belle journée pourtant. Dans les ruelles baignées de soleil s'engouffrent pêle-mêle les cris des enfants rieurs, le bruit des baisers langoureux de quelques jeunes amoureux, le carillon entêtant des cloches célébrant un mariage ou peut-être un baptême... ces cloches... les mêmes, oui, les mêmes qui sonneront pour elle dans peu de temps... Au fond, c'est atroce de se dire qu'elles sonneront quand elle sera là allongée bien sagement dans sa petite boîte, parce que ça voudra dire que les autres, eux, ces égoïstes, seront toujours là pour les entendre. C'est injuste, car on les sonnera pour elle et pourtant elle sera la seule à ne pas les entendre. Elle aime tellement l'air saisissant des cloches. Quand elle était en vacances à Strasbourg avec ses parents, alors qu'elle n'était qu'une enfant, elle avait supplié qu'on attende midi sur le parvis de la *grande cathédrale noire* pour pouvoir entendre le grondement sourd et impressionnant des cloches. Quand les deux aiguilles s'étaient embrassées pour ne plus faire qu'une, les énormes masses s'étaient mises en branle et, en s'envolant, avec une légèreté incompréhensible, elles avaient égrené, au souffle du vent, des notes fantastiques... Elle n'avait jamais rien entendu de pareil. Elle s'était sentie comme pénétrée d'un sentiment puissant, investie d'une force mystique. Son cœur avait manqué de se décrocher à chaque envolée. Quiconque aurait pu lui dire à ce moment précis qu'elle serait dans quelques dizaines d'années une vieille loque décharnée, elle ne l'aurait jamais cru. Folle et inconsciente jeunesse.

La ville est loin maintenant et tout ce qui la rattache à cet endroit aussi. Alors, elle s'extirpe douloureusement de ses pensées pour contempler cet îlot moderne, sale et bruyant, au sein duquel des milliers de petits automates s'affairent continuellement. Vaines obligations qui donnent à l'Homme l'illusion d'exister ! La ville, bâtie légèrement en contrebas, dans une vallée, s'offre à son regard depuis quelques minutes déjà, quand tout à coup, elle reconnaît le clocher de son quartier. Une immense tristesse l'envahit alors, car elle l'a laissé seul avec sa détresse et son désespoir, lui qu'elle aime tant et qui souffre par sa faute. Lui qui va dormir seul ce soir, cherchant son odeur au creux des draps désertés. Lui qui sait si bien la rassurer et la consoler. Lui qui…

Une douleur violente vient de la saisir. Elle s'écroule au milieu d'un sentier poussiéreux qui longe un champ en friche. Elle reste là face contre terre, dans l'incapacité de se mouvoir. Corps inerte, tête bouillonnante. Pantin désarticulé à l'esprit vif. À chaque inspiration, la terre poussiéreuse investit son corps en pénétrant sa bouche et son nez. Elle agonise lentement. Pourtant, à demi-consciente, elle trouve encore la force d'esquisser un sourire : sa mémoire est plus vivante que jamais. Elle retrouve les moments forts de sa vie qui l'ont submergée de joie et de bonheur, les malheurs aussi, elle est à nouveau jeune et alerte, elle est, croyait-elle alors, maître de son destin…

Seconde partie

I

C'est un matin d'été… de juin ou de juillet… elle ne sait pas très bien… mais il lui semble qu'il fait chaud… il y a du vert, beaucoup de vert… Impossible de distinguer les contours de cette masse aux formes irrégulières offrant une incroyable palette de couleurs aux nuances smaragdines. Montagnes accidentées d'amazonites ou de jade se découpant sur le fond d'un bleu intense… Qu'est-ce ? Impossible encore de le dire…

Elle désensable difficilement ce souvenir, enfoui depuis si longtemps dans le désert oublié de sa mémoire, et grain par grain, touche par touche, elle tente de décrypter ce tableau ancien, comme étranger… Au milieu de tout ce vert, son esprit distingue au loin une tâche blanche, un tissu léger immaculé que le vent doux fait frémir par moments… c'est une robe, oui c'est ça… ça devient plus précis… c'est une robe d'enfant… une robe qui tourne encore et encore, spirale enivrante, tourbillon joyeux et incessant, accompagné d'un rire éclatant et franc, dont seuls les enfants ont le secret. Dans cette robe… il y a une fillette… c'est elle ! *C'est moi… je me reconnais… j'ai huit ans… Mon Dieu ! Que c'est loin ! Est-ce possible que ce soit moi cette gamine si jeune, si preste, si vive et si joyeuse ? Que reste-t-il en moi de cette insouciance et de cette fraîcheur ? Plus rien… ou plutôt si, un souvenir… un fragment… une poussière… un mirage. Il n'y a plus personne aujourd'hui pour se souvenir de cette époque et quand je partirai, ces bribes de mon passé s'évanouiront à jamais et plus personne alors, en passant devant ces grilles et en contemplant le jardin, ne saura la fillette à la robe légère et au rire cristallin…*

Approchons-nous, fouillons les moindres recoins de ce si lointain souvenir... il y a donc du vert, du bleu et du blanc... mais du rouge aussi, oui c'est ça... quelques gouttes éparses d'un rouge intense... Ah ! Ce sont les fraises du jardin ! Celle de l'oncle Anselme... C'est très clair maintenant... les fraises du jardin... ces petits fruits écarlates, rubis sucrés, qui foisonnaient dans le jardin familial. Enfant, je me figurais qu'elles étaient autant de pierres précieuses, disséminées çà et là par la faute d'un affreux pirate qui, poursuivi pour ses nombreux crimes, avait été contraint au cours de sa fuite effrénée, de se débarrasser de son butin, preuve compromettante... Que d'heures j'ai pu passer dans le jardin à la recherche de ces gourmandises que je dégustais en cachette, à l'abri de Marthe. Je peux encore entendre le timbre de sa voix, me répétant cent fois par jour les mêmes recommandations : « Ne t'éloigne pas, ne te traîne pas dans l'herbe, ne cueille pas les fleurs du jardin, ne mange pas de fraises, tu ne dîneras plus et en plus tu auras mal au ventre... » Ma chère Marthe, ma tendre Marthe...

Quand je revenais de mon périple, ma jolie robe claire se trouvait irrémédiablement maculée de taches en tout genre. Débutait alors toujours le même rituel : Marthe faisait semblant de se mettre en colère, je demandais pardon, promettais de ne plus recommencer et tentais de m'extirper une larme de remords. Alors, cette bonne Marthe, douce et aimante comme une mère, me prenait dans ses bras et me couvrait de baisers. Tous les jours, elle se promettait de ne pas céder, d'être ferme et de sévir en cas de désobéissance. Elle voulait que cette petite ait la meilleure éducation qui soit, disait-elle et elle savait que, pour ce faire, la fermeté, parfois même la sévérité était de règle ; mais toutes ses résolutions s'effondraient tragiquement dès que son petit ange la regardait avec des yeux pleins de larmes, d'un air contrit.

— Que voulez-vous, dit-elle un jour à Monsieur le curé, qui lui reprochait son laxisme, une pauvre enfant, si jeune et seule au monde !

— Voyons, elle n'est pas seule au monde !

— Mais nous, ce n'est pas pareil. Rien ne remplace des parents…

— Ma bonne Marthe, vous blasphémez, je ne parlais pas de nous, mais de notre seigneur qui veille sur elle et l'accompagne dans chacun de ses gestes.

— Oh, bien sûr, mon père, s'empressa-t-elle de répondre en rougissant. Mais c'est malheureux quand même d'avoir perdu à sept ans sa mère et d'avoir été abandonnée par son propre père.

— Allons, allons, ma bonne Marthe, ce n'est pas à nous de juger. Notre rôle est de lui apporter toute l'affection dont elle a besoin, ainsi qu'une éducation convenable. Nous, pauvres pécheurs, nous ne percevons qu'une partie infime de l'œuvre divine. Il nous est donc impossible de la saisir dans son unité et de comprendre ce qu'elle représente. Seul Notre Seigneur Dieu a la clef de ce vaste ensemble. Nous possédons des pièces que nous ne pouvons assembler. Ainsi, la finalité nous échappe.

Marthe se tut. Ce que disait Monsieur le curé, ça avait l'air très beau, très sérieux, mais drôlement compliqué. Le malheur donc c'était pas triste, parce que c'était comme une pièce de puzzle, appartenant à Jésus… Elle accepta l'idée, même si vaguement elle ne pouvait s'empêcher de penser qu'il aurait peut-être pu s'amuser avec autre chose, le Bon Dieu.

II

Marthe vivait aux côtés du père Anselme depuis plus de trente-cinq ans. Elle était entrée à son service l'année même de son ordination, et ne l'avait depuis jamais quitté. Le temps, comme à son habitude, avait magnifiquement œuvré. Il était parvenu à métamorphoser l'une des plus séduisantes jeunes filles de son époque en une petite bonne femme rondouillarde aux jambes ankylosées et au visage rougeaud.

C'était un chagrin d'amour, un terrible chagrin d'amour, qui avait décidé de son destin. Très jeune, elle s'était laissé séduire par un étudiant en droit, un bellâtre issu d'une famille aisée de notables. Tout en lui l'avait subjuguée, comme envoûtée. Elle avait été saisie par son élégance, cet air distingué qui contrastait tellement avec la démarche vulgaire des garçons crasseux de son quartier. N'importe quelle femme de la haute société, qui eût rencontré ce Dom Juan, l'aurait trouvé fat et imbu de sa personne. Marthe, elle, n'avait jamais rencontré de vrai « Monsieur », et quand parfois, ses jolis yeux croisaient les prunelles sombres de ce dangereux séducteur, son cœur s'arrêtait de battre, suffoqué par l'émotion. Tout ce qui aurait déplu à une femme expérimentée avait ébloui notre jeune ignorante. Ce petit air de supériorité et sa démarche hautaine auraient alerté plus d'une jeune fille, pas Marthe.

Il disait mépriser l'argent et dépensait sans compter. Ces préoccupations bassement matérielles et tellement vulgaires, comme il disait, ne l'intéressaient pas. La petite Marthe, éblouie, ne savait pas alors qu'il est aisé de gaspiller ce dont on est repu, et que seuls les fortunés peuvent se payer le luxe de mépriser l'argent. Ainsi, on peut aisément comprendre la fascination que ce jeune homme était parvenu à exercer sur notre ingénue. Issue d'un milieu populaire, élevée dans le respect des valeurs chrétiennes, elle avait eu, au cours de son enfance, plus de sermons que de plaisirs. « On n'a p't-être pas un sou, mais on a d'l'honneur, nous ! et le bon Diu nous le rendra ! », leitmotiv favori de sa mère à tel point qu'il était devenu un peu la devise de la famille, bien triste devise en vérité. Elle avait grandi au sein d'un univers où la grande ferveur religieuse compensait le manque d'argent, et où les valeurs comme le travail et le respect étaient inculquées aux enfants dès leur plus jeune âge. À défaut d'avoir du pain, ils avaient Jésus.

C'est ainsi que Marthe avait été prodigieusement enivrée, happée tout entière par cet homme au bras duquel la vie paraissait enfin plus belle et plus facile.

À l'époque, elle travaillait pour quelques malheureux francs, dans une petite blanchisserie des beaux quartiers, l'occasion de rapporter un peu d'argent à la maison. C'est comme ça qu'ils s'étaient rencontrés : elle était sortie de la boutique en courant, comme d'habitude, et l'avait heurté assez violemment alors qu'il flânait sur les grands boulevards, cigare à la main. Elle avait été éblouie, il avait été intéressé. Elle avait vu en lui l'homme de sa vie, il avait vu en elle une excellente façon de se désennuyer. Saisissant l'occasion de rendre un peu piquante cette journée qui avait été triste et morne, il avait proposé de la ramener en voiture. Dès lors, il décida de s'employer à la séduire, car cette idée de débaucher une pauvrette, issue d'une famille très chrétienne, l'amusait assez. Cela lui rappelait un livre, dont il avait oublié le titre, mais qu'il avait lu avec plaisir durant les vacances passées chez sa tante en Sologne. Il détestait lire, mais ce roman, uniquement constitué de lettres, que lui avait conseillé sa cousine, l'avait surpris, et il l'avait lu avec un certain plaisir, malsain disons-le.

À force de mensonge, poussant sa proie jusque dans d'ultimes retranchements, il était venu à bout des dernières réticences de sa jeune victime. Il avait su trouver les mots pour précipiter dans le péché cette innocente. Vaincue, elle s'était donnée à cet homme corps et âme, pleinement, puissamment, sans remords ni regrets. Sa famille, scandalisée, horrifiée à l'idée de cet amour vécu en dehors des liens sacrés du mariage lui avait intimé l'ordre de mettre fin à cette relation condamnable aux yeux de Dieu. Ses amies, elles aussi, avaient flairé le danger et lui avaient conseillé de rompre. Elle les avait tous envoyés au diable.

Un soir, après s'être violemment disputée avec ses parents, elle fit sa valise et partit, bien déterminée à vivre son bonheur, envers et contre tous. C'est comme ça qu'elle se retrouva à l'attendre, devant la faculté, sa valise à la main, sous une pluie battante. Quand elle le vit enfin sortir, alors qu'elle l'attendait depuis plus de deux heures sous cette pluie glaciale, elle sourit… pas longtemps… il n'était pas seul. Accompagné de deux jeunes créatures, vulgaires, affublées de robes affriolantes, aux couleurs criardes, il descendit les marches, tel un prince comblé, une sangsue à chaque bras. Il riait de ce rire faux et orgueilleux qu'arborent les hommes qui veulent se donner de l'importance. Pitoyable, ruisselante de pluie et de larmes, elle se dirigea alors vers lui, pour demander des explications. Elle n'oublierait jamais le regard de ces deux sorcières la toisant de leurs terrifiantes pupilles, qui flamboyaient au sein de leur maquillage outrancier. D'un air agacé, il lui dit qu'elle ne l'amusait plus depuis longtemps, qu'elle l'ennuyait même avec ses histoires de tendresse et d'amour éternel, que c'était fini, si toutefois quelque chose avait commencé. Quand il lut cette expression de désespoir dans les yeux de Marthe, il se mit à rire, d'un rire effroyable, qu'elle entendit encore longtemps dans ses plus sombres cauchemars :

— Fais pas cette tête, idiote, tu t'imaginais quoi ? Que j'allais faire ma vie avec une fille comme toi, une fille de rien du tout et qui couche avec le premier venu ?

— Tu sais bien que je n'ai jamais eu que toi dans ma vie, avait-elle murmuré.

— Hé bien, disons que j'ai été le premier et que je ne serai pas le dernier, avait-il dit d'un ton ironique, fixant alternativement ces deux pieuvres embobinées autour de chacun de ses bras.

— Je suis enceinte.
— Que veux-tu que ça me fasse ?
— Je t'aime.
— C'est de l'argent que tu veux, c'est ça ?

Et voilà, comment en un instant, à dix-sept ans, la vie de Marthe s'était écroulée. Le choc émotionnel fut si violent qu'elle perdit l'enfant, et tomba dans une dépression profonde.

Elle trouva refuge au Foyer de la Charité, qui était dirigé par des sœurs, ayant pour vocation de secourir « les âmes égarées », des miséreux puants, en vérité. Affreusement seule, trop honteuse pour demander pardon à ceux qui l'aimaient, elle s'était retrouvée là, au milieu des alcooliques et des sans-papiers, perdue, abandonnée. Elle avait alors voulu mettre fin à ses jours.

Très tôt, alors que tout le foyer était encore plongé dans un profond sommeil, elle s'était approchée de la fenêtre, l'avait ouverte en grand, avait humé de toutes ses forces les senteurs douces et pénétrantes de cette belle matinée de Printemps. Elle les avait aspirées à s'en étouffer, s'enivrant de ces parfums jusqu'à l'agonie, jusqu'à en pleurer de douleur, comme pour emporter avec elle un souffle de vie, au cours de ce triste et long voyage qu'elle s'apprêtait à entreprendre. S'étant ensuite faufilée dans la cuisine, elle avait calmement tourné, un à un, chacun des boutons de la gazinière, puis elle s'était assise par terre, contre le mur.

Contorsionnée dans un petit coin de la pièce, recroquevillée comme un pauvre animal, elle attendit. Quand elle sentit le gaz infiltrer son âme meurtrie, quand elle sentit que bouger son petit doigt serait aussi impossible que de soulever une montagne, elle comprit que la vie s'échappait. Son corps était lourd mais son esprit était encore assez vif pour être torturé par des questions obsédantes. Là-bas, quand elle serait en face du Seigneur, que lui dirait-elle ? Lui pardonnerait-il cet acte, répréhensible aux yeux de l'Église ? Un esprit si miséricordieux ne pouvait-il pas comprendre la souffrance d'une femme qui tour à tour avait perdu tous ceux qu'elle aimait jusqu'à son enfant ?

Elle n'eut pas réponse à ses questions. Un prêtre, qui était arrivé très tôt ce matin-là au Foyer de la Charité, avait eu l'envie providentielle de boire un café, à moins que ce ne fût plutôt un verre de Muscat, qu'importe… l'histoire aura retenu le café. Toujours est-il qu'il avait éteint le gaz, ouvert les fenêtres et secouru la pauvre Marthe, inconsciente à ce moment-là. La tentation et le péché d'un petit « café » pas comme les autres avaient permis de sauver une vie, ce qui excusait son vice, se disait-il pour se donner bonne conscience. Le père Jacques avait été bouleversé par cette toute jeune femme, belle et fragile, choisissant de mettre fin à une vie à laquelle elle venait à peine de goûter. Il l'avait prise sous son aile durant plus d'une année et c'est lui qui l'avait recommandée auprès du père Anselme, tout jeune prêtre, en tant que dame de compagnie, intendante et bonne à tout faire.

Marthe était tout cela. Elle avait progressivement repris courage, en sentant que cet homme était bon et qu'à son service, elle pourrait regarder s'égrener les jours de son existence, un à un, sans heurt, ni douleur. C'est ce à quoi elle aspirait désormais : une existence plate, lisse et ennuyeuse. En outre, elle craignait beaucoup pour son âme et priait sans cesse pour celle de son petit, qui d'après le père Jacques errait quelque part dans les limbes. Cette pensée l'effrayait, mais elle l'acceptait, car c'était Dieu, bon et miséricordieux, qui en avait décidé ainsi. Frotter, laver et repasser les soutanes d'un curé, ça devrait l'aider un peu là-haut, le moment venu…

Dès lors, il est aisé de comprendre l'immense joie avec laquelle elle avait accueilli des années plus tard, la petite Gersende. Certes, les circonstances étaient tragiques, mais la vie, la jeunesse, le rire d'un enfant allaient enfin pouvoir infiltrer sa maison et son cœur.

III

Marthe l'avait trouvée un matin, là, toute seule et tremblante, sur les marches du presbytère. Quand il se retrouva veuf, son père, ne se sentant ni la force d'élever une gosse seule, ni celle de renoncer à sa vie de plaisirs, l'avait tout bonnement laissée là, sans remords, ni regret. Il se déchargeait de ce petit paquet encombrant et contraignant, en le laissant au frère de sa femme, ce cureton impuissant, qu'il avait toujours haï, *cette lope en robe longue*.

Devant ce spectacle affligeant, la bonne Marthe s'était jetée sur l'enfant et l'avait prise violemment dans ses bras, la serrant de toutes ses forces contre ses seins lourds. D'un revers de la main, elle avait essuyé les larmes de la fillette. Immédiatement, elle sut qu'elle ne permettrait plus jamais qu'on lui fasse du mal. Désormais, elle la protégerait férocement envers et contre tous.

Le père Anselme était un homme honnête, charitable et généreux. Il accueillit la jeune Gersende dans sa maison, l'éleva et l'éduqua comme si elle eût été sa propre fille. Non pas qu'il fût tendre et affectueux, mais il avait le sens aigu du devoir et des responsabilités. Dieu lui confiait cette petite âme chétive, il l'en remerciait humblement. Ce n'était pas une enfant abandonnée, c'était une épreuve divine. Ce n'était pas sa petite-nièce, mais une brebis égarée. Non pas un élan d'amour, mais de commisération. L'amour, plein et entier, violent et déraisonné effraie l'Homme d'Église, qui lui préfère une vie de platitude, jalonnée de certitudes infondées.

IV

L'enfance de Gersende, après bien des souffrances endurées, s'écoula donc paisiblement. Elle put se reconstruire dans cette maison de Touraine. Jeune pousse protégée du vent par deux chênes robustes, elle réapprit à goûter à la vie. Elle se passionnait pour les cours de catéchisme et trouvait stupéfiants les sermons de l'oncle Anselme, dont elle buvait les paroles tous les dimanches. Elle trouvait ça épatant, un Jésus qui transforme l'eau en vin, sans même une baguette magique. Époustouflant un Jésus qui rend la vue à un aveugle et, qui mieux encore, ressuscite les morts. C'était formidable, vraiment. D'ailleurs, si elle devenait une bonne chrétienne, sa maman chérie allait revenir, n'est-ce pas ? Un petit miracle, comme ça, ça devait être drôlement facile pour le Nazaréen, non ? Et puis, Lazare ou maman, quelle différence ?

Si sa mère ne revint pas d'entre les morts, un miracle eut pourtant bien lieu : toute cette religiosité et ce silence pesant, qui enveloppaient l'enfant à toute heure de la journée, n'avaient pas réussi à tuer sa formidable joie de vivre. Il n'était pas rare de l'entendre rire aux éclats, la bouche pleine de fraises, dansant seule dans le jardin. Et puis, si l'oncle ne lui donnait qu'un baiser froid sur le front après la prière du soir, Marthe, elle, l'étreignait à longueur de journée jusqu'à l'étouffer. Gersende se sentait protégée par son oncle et adorée par « Tounette », comme elle l'appelait dans son jargon d'enfant. Cela suffisait à son épanouissement.

Elle était une excellente élève, curieuse de tout et avide de savoir. C'était Marthe qui l'emmenait tous les jours à l'école Saint Antoine, mais c'était l'oncle qui assistait à toutes les réunions et contrôlait les résultats. Aussi cherchait-elle à faire de son mieux pour ne pas décevoir cet homme qui l'avait recueillie et qu'elle aimait. Elle aimait d'ailleurs tout et n'importe quoi, la caresse du vent d'été sur sa joue, la forte pluie qui fouettait son petit corps fragile, un papillon, une coccinelle, une mouche.

Une fois rentrée de l'école, les devoirs terminés, elle escaladait les grandes marches en chêne, qui sentait bon la cire et le vieux bois. Cela faisait des craquements formidables et elle s'imaginait qu'il y avait quelques lutins qui grouillaient sous l'escalier. Arrivée sur le palier, elle longeait l'étroit couloir vert amande et s'arrêtait devant la dernière porte. Sans même avoir eu le temps de frapper, elle entendait la voix douce mais ferme du père Anselme :

— Entrez, jeune fille.

Elle pénétrait alors dans cet antre sacré, suivant à la lettre un rituel bien rôdé. À pas de loup, elle avançait vers le bureau, tout en lançant des regards exorbités vers les étagères remplies jusqu'à la gueule de livres en tout genre. La fillette paraissait toute petite, comme écrasée par ces nombreux volumes débordant de part et d'autre. Elle se frayait un chemin, à moitié ensevelie sous toutes ces feuilles éparses, qui s'amoncelaient en colonnes grecques. Il émanait de cette pièce une odeur âcre et détestable, qui plaisait à son âme. Ces exhalaisons, c'étaient des histoires passionnantes, des mystères terribles, des drames sanguinaires, des récits de voyages époustouflants. Elle se sentait comme happée par ces navires de cuir, aspirée par les reliures prometteuses. C'était un monde magique et secret, qui menaçait de l'engloutir tout entière, et c'était bon. Bon de penser que là derrière ses pages se cachaient des univers extraordinaires, si différents de son quotidien. Elle était loin de se douter qu'en réalité s'entassaient des sermons rébarbatifs, des hagiographies ennuyeuses et des traités de morale bien peu fascinants…

— Cette journée d'école s'est-elle bien déroulée, jeune fille ?
— Très bien
— Avez-vous été bien sage ?
— Oui, mon oncle.
— Pouvons-nous commencer notre cours de latin ?
— Certainement, mon oncle.

Et voilà comment, à l'âge de dix ans, Gersende maîtrisait parfaitement le latin, se trouvait première de sa classe et menait une vie sans nuage, jusqu'à l'aube de son adolescence…

Troisième partie

I

Demain, j'aurai seize ans. Je suis une vraie jeune femme maintenant. C'est ce gros pervers d'Hermann qui l'a dit. Bah ! Rien que de penser à son visage flasque et violacé, percé de ses petits yeux jaunâtres, tout injectés de sang, j'ai la nausée. Je déteste cet homme. Ce n'est même pas un homme, c'est un tonneau à vin, et vicieux par-dessus le marché. Ça, c'est quelque chose que je ne comprends pas. Cette façon de se laisser aller, de n'être déjà plus tout à fait un homme et de continuer pourtant à s'enfoncer dans la crasse et l'alcool, jusqu'à devenir une loque répugnante. Il ne se rend pas compte, Hermann, qu'il dégoûterait même un chien. Je ne comprends pas mon oncle, qui s'acharne à aider ces gens. Hermann, on lui a proposé de l'héberger, de le nourrir, on lui a offert un emploi ici au presbytère. Il n'en a pas voulu ! Incroyable. Il a dit qu'il préférait vivre libre. Libre, tu parles ! Il vient quémander de la nourriture à Marthe tous les jours, qu'il échange ensuite contre de la vinasse. Parfois, il demande à Anselme de l'emmener à l'hôpital, à cause de ses fidèles amies, comme il dit, ses mycoses et verrues en tout genre. En clair, il est libre de faire ce qu'il veut, en vivant à nos crochets, et nous, nous sommes prisonniers de notre bonne conscience. Ce n'est pas très charitable tout ça, mais je m'en fous. Je ne me ferai pas bonne sœur, moi. Je ne suivrai pas la vie bien rangée et triste à mourir de l'oncle Anselme. Demain, j'aurai seize ans et je veux vivre. J'aurai une vie plus trépidante que n'importe quelle héroïne de roman. Je veux connaître l'amour, le vrai, la passion intense et indestructible. D'ailleurs, je suis faite pour l'amour. Ce vieux roublard d'Hermann l'a tout de suite flairé. J'ai de très beaux seins, durs et gonflés, de très longues jambes aussi, fines et élancées. Surtout de très jolis cheveux, ça c'est certain. Très importants, les cheveux d'une femme. C'est la sensualité à l'état pur. Peut-on imaginer une

DE PASSAGE

Manon Lescaut coupée à la garçonne ? Elle aurait été bien laide en vérité. Et le pauvre Aragon, où aurait-il trouvé son inspiration, sans la toison d'or de sa chère Elsa. Ah, Baudelaire, si tu avais pu glisser tes doigts dans Ma chevelure, tu aurais chanté les reflets châtains et dorés ! Mon Apollon à moi, mon inconnu d'amour, sera subjugué par mes longs cheveux aux reflets changeants, il y fourra sa tête, se délectera des parfums enivrants, s'extasiera devant tant de douceur. Un Hémisphère dans une chevelure… S'il ne le fait pas, c'est que ce n'était pas le bon. Au revoir Monsieur, merci, mais vous n'êtes pas à la hauteur. Peut-être que je le croise tous les matins celui qui m'est destiné. On se croise, on se dit bonjour, et puis un jour : prise de conscience, coup de foudre, amour passionné. Qui ? Charles ? Oh non, il est bien trop laid. Ça me plairait assez pourtant d'être courtisée par un homme laid. Ce doit être terriblement excitant. Hugo l'a dit : le sublime mêlé au grotesque, tout est là… mais il n'aurait pas le droit de me toucher, non, juste courtiser. Ou alors Aristide ? Quel prénom affreux, mais il est plutôt séduisant. Aujourd'hui, il a parlé à cette peste d'Amandine Barrois. Dommage pour lui, je ne lui pardonnerais pas, je suis impitoyable. Ce ne sera pas Aristoche. Monsieur, je vous condamne à ne jamais pouvoir aimer Mademoiselle Gersende pour avoir fricoté avec cette Amandine… cette gourgandine… cette grosse vache, n'ayons pas peur des mots ! Qu'on lui tranche les… Oups, j'ai failli blasphémer. Ce n'est pas bien de penser tout cela. Si l'oncle Anselme le savait, il me sermonnerait pendant des heures… et moi, au désespoir, telle Emma Bovary ou Clara Militch, je me suiciderais, victime éplorée… Oh, mon Dieu ! Une rougeur sur le nez. Est-ce un bouton ? Ô rage, ô désespoir ! Et il faudrait que je perde encore un ou deux kilos pour être vraiment parfaite ! Désirable Gersende, je vous veux !!!!! Mais c'est à cause de Marthe et de ses gâteaux au chocolat, comment résister ? Il faut que j'arrive à m'éloigner de ce maudit miroir, pour reprendre la lecture de L'Amant. *Finie l'inspection. Bilan : jolis cheveux, mais bouton sur le nez, yeux irrésistibles, mais un kilo en trop. C'est mitigé. Ah,* L'Amant, *c'est un des plus beaux livres qui soit. Je ne le lis que le soir, la porte fermée à clef pour être sûre de ne pas être prise en flagrant délit de péché de lecture. Si mon oncle savait que j'avais réussi à me procurer un tel livre, il en mourrait de chagrin. Il a raison, c'est un livre terriblement dégoûtant… terriblement excitant. Âmes sensibles s'abstenir ! Ce chinois, je le vois souvent dans mes rêves, il me désire, il me dit que je suis belle, il délaisse la petite blanche de Sadec pour moi, rien que pour moi. Elle avait pas froid aux yeux, quand même, le faire comme ça avec un inconnu. Effrayant. Ce qui me dérange, c'est qu'elle ne lui dit jamais qu'elle l'aime. Il est si beau ! Moi, je lui aurais dit : je t'aime, darling, abandonne ton père, ta fortune, ton pays et vivons heureux. C'est vrai, j'aime ça les histoires d'amour romantiques. L'amour, le vrai, ça doit bien exister. Je ne peux pas croire Maupassant. Jeanne était une gourde, qui n'a pas su choisir son mari, c'est tout. Une exception. Il y a l'amour, et puis il y a aussi faire l'amour. Amandine, la punaise, elle se vante de l'avoir déjà fait, pendant les vacances avec un ami de son cousin. Affreuse menteuse, immonde bobard. Bon, allez il est tard. Demain, il faut que je sois belle, pas de cerne, ni de teint blafard. Demain, j'ai seize ans. Mon Dieu, faites que mon bouton disparaisse et que je ne rêve pas trop du chinois encore cette nuit. Pardonnez-moi par avance pour les quelques pages que je vais lire avant de me coucher. Amen.*

II

— À vos seize ans, ma nièce !
— Merci mon oncle. À votre santé ! À toi aussi Tounette ! Et à vous tous, qui êtes venus pour moi aujourd'hui. Merci !

J'étais, je m'en souviens, comme transportée de joie et de bonheur. Les gens que j'aimais et qui m'aimaient étaient tous là. Il y avait surtout mes deux amies d'enfance : Louise et Eléanor. Toutes les trois, nous avions pris la terrible habitude de lire en cachette des livres, que nos familles, ultra-catholiques, voyaient d'un mauvais œil. Il faut nous comprendre. La Bible et les moralistes classiques hantaient nos journées, il nous fallait souffler la nuit. Tous les jours, je devais lire une fable de La Fontaine et en débattre avec mon oncle. Nous étions rarement d'accord, et je dois avouer que je prenais un malin plaisir à le contredire, juste pour le goût de la chicane, comme ces avocats face à leur huître. Il en paraissait désespéré. Plus il essayait de me créer à son image, plus je m'affirmais en tant qu'individu propre. Il avait en tête un modèle de femme parfaite. S'il avait connu un temps soit peu les femmes, il se serait immédiatement rendu compte de sa méprise. Même la plus catholique, la plus bigote, a de « vils » instincts. Avant d'être bonne mère de famille, elle a dû passer à la casserole. Sans doute même que pour se donner du courage, elle s'est rappelée au moment fatidique le beau voyou qu'elle avait croisé dans la rue la veille, en allant à la boulangerie. Mais ça, l'oncle, puceau dans l'âme, encore plus que dans le corps, ne s'en doutait pas. J'aspirais moi aussi à être une femme « parfaite », mais nous étions en désaccord sur le sens de cet adjectif. Mieux encore, il aurait aimé que je rentre dans les ordres, mais très vite il avait dû se rendre à l'évidence : jamais la jeune fille vive, preste et indépendante que j'étais n'aurait pu être une de ces religieuses silencieuses, contrites et obéissantes. Mon père, il est vrai, était un débauché. L'oncle Anselme devait se dire que j'avais ça dans le sang. Donc avec Loulou et Léa, mes comparses et acolytes littéraires, nous prenions un plaisir inouï à lire tout un tas de romans, de drames et de tragédies. Baisers passionnés. Terribles trahisons. Assassinats sanglants. Amours incestueux.

Avant de les lire, il fallait déjà se les procurer. C'était une épopée extrêmement périlleuse. Une fois par semaine, nous nous rendions à la bibliothèque. Le but était de prendre un La Bruyère et d'attraper de l'autre main un bon roman, avec beaucoup d'amour, de sang, de trahison et de passion. Nous glissions le récit défendu sous nos vêtements et allions emprunter *Les Caractères*, l'air innocent et angélique. Et puis, il y avait Marthe. Tounette ne pouvait rien me refuser et, comme tous les enfants trop gâtés, j'en profitais. Je la suppliais d'aller m'acheter de temps en temps, en secret, un « petit plaisir ». Ce qu'elle faisait, la peur au ventre, d'abord à cause du père Anselme, ensuite à cause de Celui qui voit tout, qui sait tout et qui a vite fait de vous envoyer en Enfer. À seize ans donc, nous étions encore des gamines. À seize ans, nous devions encore nous cacher pour lire des romans, dans lesquels nous pensions découvrir la vraie vie, celle des autres. C'est sans aucun doute l'interdit attaché à ces lectures qui nous les rendaient si savoureuses. Ces romans qui aujourd'hui me paraissent fades et inoffensifs, étaient pour nous les miroirs d'une vérité dangereuse et excitante. Pure chimère. Tout cela nous trompe sur le vrai sens de la vie et finit toujours par nous rendre malheureuses, nous les femmes, un jour ou l'autre.

Je me souviens que cet anniversaire était particulièrement important à mes yeux. Je me figurais qu'après seize années, on commençait déjà un peu à vieillir, et qu'il fallait donc commencer à vivre pleinement, sans attendre, presque dans l'urgence. Dans mon esprit, les jeunes femmes de vingt ans étaient déjà des petites vieilles en devenir. Il était trop tard pour qu'elles entreprennent quoi que ce soit. Elles étaient passées à côté de leur jeunesse. J'avais seize ans et je voulais vivre.

Je n'avais pas l'habitude de boire du champagne, et la tête me tournait un peu quand mon oncle me demanda ce qu'on pouvait me souhaiter à l'occasion de mon anniversaire. Légèrement grisée, je répondis avec sincérité, sans retenue aucune, décrivant pêle-mêle tout ce à quoi j'aspirais.

— Souhaitez-moi mille choses, mon cher oncle. J'ai seize ans et la vie s'offre à moi. Je veux devenir un grand écrivain et être une femme moderne et libérée, découvrir la Chine à dos d'éléphants, gravir les pyramides mexicaines, me baigner dans le Gange, traverser à cheval le Costa Rica. Je veux que coule entre mes dents le nectar sucré de l'orange marocaine, je veux m'enivrer des senteurs du jasmin et goûter à la sensualité orientale. Je veux lire tous les livres de la terre sous la chaleur écrasante des Tropiques, parler l'Italien en apprenant à danser le manipuri, découvrir les dialectes africains tout en implorant Wakan Tauka. Je veux que tous les hommes du monde entier me regardent et me désirent. Je veux découvrir le corps d'un homme comme on découvre un pays nouveau. Je veux vivre la passion, la grande, la terrible, la douloureuse passion et...

— Assez ! lança l'oncle scandalisé, rouge de honte et de colère.

Si l'oncle Anselme eût été cardiaque, un infarctus aurait eu raison de lui à ce moment précis. Cet homme, si calme habituellement, offrait un visage écarlate. Son indignation, palpable à travers ce petit mot sec et autoritaire, avait gagné l'ensemble des invités qui la fixaient d'un air outré. Vierges effarouchées venant d'être violées. Seules Eléanor et Louise esquissaient un large sourire tout intérieur, ne laissant rien transparaître au-dehors. Jamais elles n'auraient osé parler ainsi en public.

Les parents de Louise se levèrent, prétextant un travail urgent. Loulou dut se lever à contrecœur, désespérée de ne pouvoir assister à la suite des événements. Au moment où ils allaient franchir le seuil de la porte, Gersende regarda son amie de toujours et lui lança désespérée :

— Vas-y Louise, dis-leur que tu penses comme moi, que toi aussi tu veux parcourir le monde et entrer pleinement dans la vie, comme on s'engloutit tout entier dans une mer délicieusement glacée un jour d'été brûlant. Dis-leur que tu veux mourir d'amour comme Juliette ou Iseult, que toi aussi tu as été bouleversée par l'histoire d'Emma. Que tu ne veux pas être un de ces moutons de Panurge, à qui on dicte ce qu'il faut penser, à qui on ordonne de ne pas penser. Libère-toi, Loulou.

Louise devint livide et sentit son cœur se décrocher. Elle prononça très vite ces quelques mots, sans même regarder son amie :

— Je ne vois pas ce que tu veux dire. Tu es folle, chérie. Je ne pense rien de tout cela. Le champagne te monte à la tête sans doute. Repose-toi. Je viendrai te voir demain.

Gonflés d'un immense sentiment de fierté, les parents de Loulou tournèrent les talons accompagnés de leur progéniture.

Je suis sortie de l'enfance ce jour-là, à cause de cette trahison, de ce mensonge et de cet abandon, encore une fois. Louise n'avait pas voulu dire la vérité, s'affirmer et en même temps la soutenir, elle, sa meilleure amie. Elle l'avait laissée là, dans la honte et le chagrin, dans la solitude. Jamais elle n'a pu pardonner cette lâcheté. Dans nos grands moments de force et de courage, on pardonne difficilement la faiblesse des autres. Elle avait préféré la trahir plutôt que de s'affirmer. Elle l'avait abandonnée au moment même où elle se déclarait, sans retenue, c'est vrai, mais aussi sans fioriture ni mensonge. Alors c'était ça l'amitié. Elle n'aurait plus d'amie. Pas même Eléanor, car après tout, elle non plus, n'avait pas ouvert la bouche. Elle avait préféré la voir brûler vive sur le bûcher des bonnes mœurs et des conventions, plutôt que d'intervenir. Jouir de sa mise à mort, oui, plutôt que de tenter de la sauver.

Après cet épisode malheureux, l'oncle Anselme était venu lui faire la morale. Elle était honteuse et peinée. Non pas d'avoir dit ce qu'elle pensait – ça jamais ! – mais d'avoir blessé son oncle et Tounette, d'avoir été prise pour une dévergondée, d'avoir été trahie par ces deux pestes. Elle se sentait seule, terriblement seule contre tous. Elle n'avait pas dit vouloir être une meurtrière, ni une prostituée, alors quoi ? Qu'ils aillent tous au diable avec leurs bondieuseries. Elle voulait vivre ! Qu'y avait-il de mal à cela ? Face à cet oncle blessé, qui ne comprenait rien, mais qui souffrait, elle s'excusa. Sa franchise en souffrit. Son cœur en fut satisfait. Elle ne voulait pas lui faire de mal. Elle avait juste voulu dire la vérité, comme il le lui avait toujours appris. Elle confessa simplement qu'elle regrettait beaucoup, sans en croire un mot. Avec un si beau mensonge, l'oncle fut rassuré et put dormir paisiblement.

III

Dès lors, elle parut plus calme, plus réservée, plus sage. Elle avait compris qu'il ne servait à rien de contredire les âmes bien pensantes qui l'entouraient. Seules les actions comptaient. Elle avait obtenu son baccalauréat avec mention très bien, suivait des études de lettres avec brio, bien décidée à vivre sa vie quand le moment se présenterait, envers et contre tous. Elle était comparable à ses volcans, éteints depuis des siècles, que personne ne craint et qui pourtant bouillonnent à l'intérieur, prévoyant d'exploser un jour ou l'autre, commettant des dégâts irréparables. Elle ne voyait plus personne. Elle était seule avec elle-même et ça lui allait très bien. Le dimanche, elle paraissait absorbée par le texte biblique et passait pour une fervente catholique. En réalité, elle recopiait, durant la semaine, tous les passages et citations littéraires qui lui donnaient matière à réflexion. Le dimanche, elle glissait ces petites feuilles dans son missel et les relisait avec ferveur pendant la messe. Elle n'avait plus aucun scrupule. Non pas qu'elle ne crût plus en Dieu, elle pensait simplement que s'il nous avait donné des jambes, des lèvres, un cerveau, c'était bien pour voyager, embrasser et réfléchir. Quel intérêt sinon ? Pour Dieu. Contre les Hommes de Dieu.

Voyant sa nièce si studieuse et si assagie, Anselme fut extrêmement rassuré et soulagé. Tounette, elle, avec son instinct de femme, trouvait ce revirement louche et peu probable. Cependant, elle n'en souffla mot à Monsieur le curé de peur de faire du tort à sa protégée. Ainsi, lorsque le père François, curé de la paroisse de Fréjus, proposa à Anselme de venir passer les vacances chez lui, il vit là une sorte de récompense à offrir à sa nièce. Il accepta. Cela faisait une éternité qu'il n'avait pas pris de repos. L'air de la mer ferait du bien à tout le monde. Ce serait la première fois qu'on passerait des vacances d'été « en famille », ce serait merveilleux.

Quatrième partie

I

Comme c'est délicieux l'air de la mer et ce petit vent tiède qui fait frémir ma robe légère. Très bon choix, cette petite robe. Elle m'avantage beaucoup. En plus, elle fait ressortir le doré de mon bronzage. Tout est formidable ici. Les gens souriants et détendus. La beauté des paysages. L'atmosphère magique. L'étouffante chaleur. Je voudrais ne jamais quitter cet endroit. Adieu affreuses bigotes, ennuyeux sermons et grisaille. En plus, mon oncle semble très occupé. Il était furieux hier et avec Marthe, nous avons beaucoup ri. Lui qui pensait prendre des vacances, il travaille dix fois plus qu'à son habitude. Le père François, âgé, fatigué et perclus d'arthrose, a négligé un tas de paperasses, et les mariages, en cette saison, sont très nombreux. L'invitation n'était pas tout à fait désintéressée… Tounette, elle, paraît perdue et ne cesse de réorganiser la maison, passant ses journées à défaire ce qu'elle a rangé la veille. Pendant ce temps-là, je peux profiter pleinement de ce séjour. Ni chaperon, ni sermon, le paradis sur terre. Mais que fait-il ? D'habitude à cette heure-ci, il est déjà là. Ah ! Le voilà mon beau brun à l'allure ténébreuse. Tous les jours, je viens l'observer à quinze heures précises. Il pose sa serviette, se déshabille et se jette à l'eau violemment. Il est d'une rare beauté, d'une force et d'une vigueur affolantes. Jamais je n'ai vu le corps d'un homme aussi séduisant. Jamais je n'ai vu le corps d'un homme tout court. Hier, il a dû remarquer ma présence, parce qu'il a tourné plusieurs fois la tête dans ma direction. Moi bien sûr, j'ai fait semblant de l'ignorer et d'être absorbée par ma lecture. J'ai joué l'innocente et en même temps j'ai pris une pause qui m'avantageait, jouant avec mes cheveux et gonflant ma poitrine. Il n'est pas venu me parler. Tant pis. S'il ne fait pas le premier pas, il ne me connaîtra jamais. J'ai bien trop d'orgueil pour engager la conversation la première. Mon homme à moi, il devra follement me désirer. Faire tout un tas de choses pour moi. Voler. Tuer. Mourir d'amour. Et puis c'est un bon moyen de vérifier si je lui plais. S'il désire me connaître, il viendra, sinon, ce n'est qu'un idiot. Pour Julien, c'était pas pareil. C'est moi qui l'avais abordé, mais c'est parce qu'il ne me plaisait pas vraiment. Je voulais juste voir si je pouvais séduire un garçon de mon âge. Baiser chaud et mouillé. C'était agréable. Mais je ne l'aimais pas. Juste le plaisir de la nouveauté, de l'inédit, de la découverte. L'exploration de la vie. Lui était triste quand on s'est quitté. Quelle bêtise ! On n'avait rien en commun. Pour le beau brun, c'est différent, il me plaît énormément. Il est comme je l'ai rêvé des centaines de fois, le soir, au fond de mon lit. Et puis… Oh, mon Dieu, que fait-il ? Il s'approche ! Comment suis-je ? Je dois être dégoulinante de sueur et mon front doit être luisant de crème solaire. C'est une catastrophe ! S'enfuir ? Trop tard.

— Bonjour, mademoiselle. Excusez-moi d'interrompre votre lecture, mais cela fait plusieurs jours que je vous vois toujours là, à la même place, seule. Vous êtes une bien jolie jeune fille et il me semble extraordinaire que vous n'ayez personne à qui parler.

— J'ai très mauvais caractère, voilà tout.

Il avait été dérouté par cette réponse si peu conventionnelle et intrigué par l'assurance, l'arrogance même, de cette jeune fille.

— Oh ! vraiment. Dois-je avoir peur de vous ?
— Cela dépend.
— De quoi ?
— Êtes-vous un rêveur, monsieur le beau brun ?
— Je vous demande pardon ?
— Je veux dire. Vous moquez-vous des conventions et de la morale ? Voulez-vous faire des choses folles dans votre vie ?
— Quelles choses folles ?
— Tout ce dont vous avez envie.
— Comme par exemple me baigner avec vous ?

À ce moment précis, elle rougit. Elle s'était fait prendre à son propre jeu. Elle se ressaisit, puis déclara qu'elle n'avait pas de maillot de bain, mais qu'elle l'aurait fait avec plaisir.

— Mais au diable, les conventions, vous l'avez dit vous-même : baignez-vous nue !

Sentant qu'il la mettait au défi et pour ne pas lui laisser gagner cet excitant combat, elle bondit et se jeta dans l'eau salée tout habillée, sous le regard ébahi des vacanciers. Lui la suivit, subjugué par cette nymphe des eaux, si différente des autres. Si mystérieuse.

— Vous êtes étonnante.
— Vous êtes très beau.

Ce sont les derniers mots qu'elle lui adressa avant de s'enfuir en riant, toute ruisselante.

Quand elle arriva, Marthe fut effrayée de la voir arriver ainsi. Mais que t'est-il arrivé, ma chérie ? Pourquoi es-tu trempée ? Tu vas attraper la mort ! Tu as traversé toute la ville comme ça !

— Tounette, il fait plus de trente-cinq degrés !
— Et alors ! Viens tout de suite te sécher !
— Je me baladais sur la plage, quand je me suis tordu le pied à cause d'un coquillage et je suis tombée à l'eau, comme une gourde ! Tout le monde s'est moqué de moi !
— Oh, ma pauvre chérie ! Mon petit ange ! Nous n'aurions jamais dû venir ici. Il fait une chaleur insupportable et cette maison n'est pas pratique du tout. C'est un cauchemar !

II

Oui, c'est vrai, ça m'a coûté de partir comme ça et de le quitter si vite, mais entretenir le désir, c'est ça la clef de la séduction. Tiens ! J'ai une mèche rebelle ici à droite. Hop, voilà, c'est beaucoup mieux. Ce miroir est plus petit qu'à la maison, c'est ennuyeux. Rien ne vaut ma psyché. Donc, il faut entretenir le désir, paraît-il. Là, il doit se languir de moi et se demander si je reviendrais demain. Il faudrait ne pas revenir. Cela, ça le rendrait fou. Mais je ne pourrais pas. Je suis trop impatiente. Il m'a plu. Il me plaît. Il est comme moi. Charmeur et arrogant. Fin et vif dans ses réparties. Terriblement séducteur. Non, je ne pourrais pas attendre. Je viendrai demain. Oh oui, je sais. Je viendrai, mais avec un peu de retard, quand il ne m'attendra plus. Mais lui, sera-t-il là ? Lui ai-je plu ? Il semble un peu plus âgé que moi, c'est déjà un homme. Un homme peut-il s'intéresser sérieusement à une fille plus jeune que lui ? Il faut dire que je suis plus mûre que les autres filles de mon âge, plus grande aussi. Déjà femme, dans mon corps. Dans ma tête. C'est à cause du destin. Pas le même pour tous, le destin. C'est ça la véritable injustice de la vie. La destinée : inexorable, inflexible, atrocement arbitraire. Le malheur s'acharne parfois sur des êtres doux et sensibles, qui au début adorent la vie et qui finissent par la haïr. Les optimistes sont ceux que la fatalité a épargnés. Le monde est injuste. Il ne devrait arriver que des choses formidables aux gens bien. Ils ne devraient pas connaître la souffrance ceux qui ne font de mal à personne. À moins que ce ne soit cette histoire de vies antérieures. J'ai lu un bouquin sur le sujet. Certains pensent qu'on paye pour tout le mal qu'on a fait dans nos vies précédentes. J'ai dû être une sacrée salope au temps de Louis XIV, parce que le jour où je suis née le malheur m'a empoignée violemment pour ne plus jamais me lâcher. D'abord il y a eu cette grave maladie à la nais-

sance, et puis ma mère, et mon père, et Loulou et Léa, la solitude aussi, le grand chagrin. C'est pour ça que je suis toujours un peu mélancolique. Je souffre de n'être comprise de personne. Ma mère, elle, c'est sûr, elle m'aurait soutenue. Elle m'aurait dit : « Tu es exceptionnelle. Tu peux faire de grandes choses, je le sais. N'écoute pas les autres et mets tout en œuvre pour réaliser tes rêves, ma petite fille. » Maman est morte. Elle ne reviendra jamais. Dieu est injuste. Cruel. C'est pour ça que j'ai vieilli plus vite que les autres. C'est pour ça que les petits moments de bonheur que je peux arracher au destin, personne ne viendra me les enlever. Aujourd'hui, je ne veux pas être malheureuse. Aujourd'hui, je me suis baignée avec le beau brun, et c'était merveilleux. C'est mon bonheur à moi. Malheur à celui qui voudra me l'enlever.

III

Quinze heures trente, je l'observe depuis la terrasse d'un café depuis une demi-heure maintenant. Il me cherche du regard. Il est inquiet, déçu. Il est terriblement beau. Je n'aurais jamais le courage d'y retourner après ce que je lui ai dit la dernière fois. « Vous êtes très beau. » Je suis folle ! J'ai dit ce que je pensais comme ça, sans réfléchir ! Trop impulsive. Trop franche. Je ne devrais pas, ça ne se fait pas. Oui, mais… Oh, mon Dieu ! Qu'est-ce qu'il fait ? Où il va ? Il part ! C'est maintenant ou jamais.

Elle lança quelques pièces sur la table et courut à sa rencontre. Lorsqu'elle sentit le sable sous ses pieds, elle s'arrêta, reprit son souffle, puis se mit à marcher calmement dans sa direction, l'air de rien, plongée dans son livre. Rencontre inévitable. Plan imparable. Lui, remontait de la plage, tête baissée. Pensif. Déçu. Lorsqu'ils se croisèrent, elle feignit de ne pas l'avoir vu.

— Avez-vous pris votre maillot aujourd'hui, mademoiselle ?
— Tiens, bonjour, Monsieur l'arrogant !
— Le bel arrogant !
— Vous êtes d'une rare modestie.
— C'est vous qui m'avez fait ce compliment, hier. Avez-vous oublié ?
— Je n'ai jamais dit une chose pareille.
— Vous êtes très séduisante quand vous mentez.
— Et vous, mal élevé et sans manière.
— N'est-ce pas ce que vous recherchez ? Des êtres détachés de toute convention, libres et francs ?

— Je veux un idéaliste, un rêveur, un impulsif, un passionné ! Pas un mufle, mal élevé, orgueilleux et prétentieux ! Prétendez-vous être celui que je recherche ?

— Je ne prétends rien. Si être mal élevé, c'est se moquer de ce que les autres pensent, alors, oui, je suis sans éducation. Je ne veux pas être un monsieur bien comme il faut, sans personnalité propre, sans pensée, sans individualité. Si j'ai envie de vous dire que je vous trouve différente et que vous me plaisez énormément, je le fais, sans retenue. Je dis ce que je pense et fais tout, tout ce dont j'ai envie.

Il avait prononcé ces derniers mots faiblement, laissant tomber son sac et sa serviette, en s'approchant lentement d'elle. Il l'avait enserrée, puis l'avait fait reculer de quelques pas jusqu'à ce qu'elle fût adossée à ce pin, qui se trouvait derrière elle. Elle était ainsi emprisonnée entre le corps de cet homme et l'écorce de cet arbre, délicieusement emprisonnée. Elle sentit la puissance de ses bras sur son corps, puis la chaleur du baiser. La sensualité. La sexualité de ce baiser.

IV

Je n'aurais pas dû m'enfuir. Deux fois que je m'enfuis. Ridicule. Je suis stupide. Que va-t-il penser ? Il va me prendre pour une folle. Ou alors, il va croire qu'il ne me plaît pas ou que j'ai détesté ça. C'est tout le contraire, mais l'émotion était trop forte, je n'aurais pas su quoi lui dire après. Tout nous aurait alors paru trop fade au regard de cet instant. Les mots auraient tout gâché. Au lieu de cela, la magie. Une fraction de bonheur. Oui, c'est ça, la magie de ce baiser, conservée à tout jamais dans le musée de nos souvenirs. La magie, intacte. Ils sont si rares, presque inexistants, ces moments d'extase où on ne pense plus à rien. Il faut les conserver précieusement. Jalousement. Un trésor de l'âme. Qu'aurais-je bien pu lui dire après ça ? J'ai bien fait. Et pourtant, je me sens mal. Je suis un peu perdue. Je me sens fautive aussi vis-à-vis de mon oncle. Je n'ai pas la conscience tranquille. S'il apprenait que j'ai embrassé un étranger – qui n'est peut-être même pas catholique ! – il en mourrait. Oui, mais je ne vais pas me faire petite sœur des pauvres pour le ménager ! Je le trahis tout de même un peu en embrassant mon beau brun. Ça me déplaît. Et Julien ? Rien à voir, ça ne compte pas. Ce n'était rien du tout. Là, c'est différent, c'est mon premier vrai baiser d'amour. Trois jours déjà que nous nous sommes embrassés. Trois jours interminables. Il me manque terriblement. Si je ne le revois jamais, j'en mourrai de douleur. Mais c'est qu'il me fallait réfléchir. J'avais besoin de ces trois jours. Tout va si vite ici comparé à la vie ennuyeuse que nous avions à Tours. Je ne sais plus quoi penser, plus quoi faire. Avant de retourner à la plage, il faut être sûre. Sûre de vouloir vivre ma vie, au risque de décevoir ceux qui m'aiment et me protègent. Tant que je vivrai sous son toit et que je dépendrai de mon oncle, je respecterai ses principes. C'est lui qui m'a recueillie et qui a fait du mieux qu'il a pu. Il a le droit, si ce n'est au bonheur, tout du moins à la tranquillité. Je me devais de cacher mes envies, mes désirs et mes projets qui dérangent et bousculent ses principes. Les paroissiens, médisants, auraient dénigré mes agissements, au nom de la charité chrétienne – bien sûr – et il en aurait été blessé. Le jour de mes seize ans, s'est immiscée en moi cette vague certitude qu'il me faudrait un jour les faire souffrir, malgré moi, pour m'épanouir, prendre mon envol. Je n'ai plus huit ans, je ne veux pas les décevoir, mais je dois aussi desserrer les liens puissants qu'ils ont tissés autour de moi. Les liens qui m'oppressent et m'empêchent de me révéler. Ceux qui sont tressés avec amour et que l'on ne délie qu'avec culpabilité. J'étouffe de faire semblant. Je ne serai jamais la femme plate, lisse et ennuyeuse qu'ils veulent faire de moi. Je veux être quelqu'un de différent. Je suis différente. Ils ne veulent pas le voir. Je ne veux faire de mal à personne, mais je ne renoncerai pas à ce que je suis. Je ne veux pas attendre sagement qu'on me présente un jeune homme bien comme il faut, que j'accepterais d'épouser pour ne pas faire jaser. Et que sera ma vie ? Un mauvais roman long, ennuyeux et monotone. Oh, non, ça jamais, l'ennui et la banalité sont pires que la mort. Je ne finirais pas comme Marthe. C'est décidé, le livre de ma vie commence aujourd'hui et c'est moi qui en suis désormais l'auteur.

V

Ce matin-là, elle s'était offerte une petite robe blanche, légère, suggestive… Laissant deviner son corps parfait, dévoilant certaines courbes audacieuses, mettant en valeur sa taille fine sans la marquer. Elle se trouva fort désirable. Elle sut qu'elle lui plairait comme ça et qu'il pardonnerait la fuite inopinée. Impatiente, elle alla ensuite l'attendre sur la plage. Une heure, puis deux, puis trois, sous un soleil écrasant, le cœur battant, jusqu'à ce qu'elle réalise enfin qu'il ne viendrait plus. La grande excitation laissa place alors à la profonde déception. Elle prit conscience qu'elle ne le reverrait peut-être jamais, par sa faute, et un vague sentiment de désespoir et de panique l'envahit. Certains êtres n'ont besoin que de quelques minutes, un instant, une étreinte pour savoir qu'ils tiennent entre leurs bras la personne capable de changer le cours de leur vie. À elle, il lui avait fallu trois jours. Trois jours pour quitter sa chrysalide, comprendre qu'il était temps de prendre son destin en main. Elle se rendait compte, seulement maintenant, dans la douleur de l'absence, qu'il était celui qu'elle ne devait pas laisser partir. Elle l'avait perdu dans la chaleur de la ville. Dans la moiteur du soir. Dans la fraîcheur de la nuit. Il s'était fondu dans la masse anonyme. Sans doute l'avait-il trouvée trop compliquée, fantasque, peut-être avait-il même regretté ce baiser. Lassé, il était parti…

En réalité, il l'avait attendue en vain durant ces trois jours, angoissé, déçu. Il ne pouvait pas l'expliquer, il la connaissait à peine, c'était idiot. Et pourtant, il était convaincu que ce n'était pas le début d'une histoire banale et sans lendemain. Elle était fascinante et, sans même la connaître, il était tombé amoureux. Il se trouvait ridicule. Il avait l'air d'un adolescent boutonneux ! Les histoires romantiques à l'eau de rose, les coups de foudre, ça l'avait toujours fait sourire. Il n'y croyait pas. Et pourtant, il fallait bien se l'avouer, il souffrait réellement de ne plus la voir, tous les après-midi, là, seule sur la plage, plongée dans son roman. Il pensait qu'elle avait ressenti cette même sensation, forte et indéfinissable, ce lien très fort et pourtant invisible. À l'évidence, il s'était trompé. Foutaise, cette histoire de coup de foudre ! Elle ne ressentait rien du tout pour lui. Il ne devait plus y penser. Ça le rendait fou. Il ne retournerait plus sur la plage de la petite nymphe des eaux. Il ne penserait plus à cette créature évanescente, à cette apparition furtive, à cet éclair douloureux dans sa vie. Ce papillon éphémère.

VI

Elle ramassa encore une fois une poignée de sable, qu'elle laissa filer tristement entre ses doigts, puis se leva, désespérée, sans même en avoir conscience, absorbée par ses pensées. Elle se demandait, encore et encore, comment retrouver la trace de ce baiser. Impossible. Elle ne connaissait même pas son prénom. Quelle bêtise ! Elle était amoureuse d'un inconnu !

Sur le chemin du retour, elle ne cessa de penser à la scène du baiser. C'est elle qui avait mis volontairement fin à ce moment d'extase intense. Quelle folie ! Elle était maintenant toute seule, ruisselante de sueur, angoissée et désespérée. Tout à coup, elle se souvint de la serviette. Mais oui, celle qu'il avait laissé tomber pour l'enlacer ! Elle la revoyait s'abattre mollement sur le sable ! Une serviette bleue sur laquelle était inscrite « Villa Marina ». Elle avait déjà remarqué ce détail la première fois qu'elle l'avait vu, sans y prêter réellement attention. Elle devait tout entreprendre pour le retrouver. Oui, elle irait jusqu'au bout, bien décidée à arracher au destin son petit morceau de bonheur, auquel elle avait droit, comme tout le monde. À partir de maintenant c'est elle qui déciderait de sa vie ! – Elle ne savait pas encore qu'on décide de tout sauf de son destin – Le soir même, elle appela la réception de la Villa Marina. C'était sa dernière chance.

— Villa Marina, bonsoir, Xavier à votre service !

DE PASSAGE

— Oui, bonsoir Monsieur. Excusez-moi de vous déranger, mais un homme a oublié ses clefs sur la plage cet après-midi. Un grand brun, qui se baigne tous les jours, vers quinze heures. Je l'aperçois souvent. Je voudrais les lui rapporter, et grâce à sa serviette, je sais qu'il est l'un de vos clients.
— C'est que des grands bruns, Mademoiselle, dans l'hôtel, il y en a beaucoup. Néanmoins, vous êtes très serviable. Ramenez les clefs à la réception, peut-être qu'un client reconnaîtra le trousseau.
— Euh… oui… enfin, non… enfin, je veux dire que je suis gênée, j'aurais préféré les lui remettre personnellement.
— Je ne peux pas vous aider, Mademoiselle. Désolé !
— Oui, pardon de vous avoir dérangé, j'ai été bien naïve de croire qu'une simple serviette bleue m'aurait permis de retrouver cette personne. Merci, Monsieur, au revoir.
— Attendez ! Vous avez dit bleue, la serviette ?
— Euh… oui.
— Ah, ça change tout, les bleues sont les serviettes du personnel, les bordeaux, de bien meilleures qualités, celles des clients. Attendez un peu, un grand brun… qui ne travaille pas l'après-midi… Ah bah, c'est Joachim ! Il porte des lunettes, n'est-ce pas ?
— Non, je ne crois pas.
— Ah ! Bon, bah alors sans doute Ruben, je crois qu'ils ne sont que deux à avoir tous leurs après-midi. Le piano-bar n'est ouvert que le soir. C'est pour ça. Le personnel loge dans des petits deux-pièces, au rez-de-chaussée, ceux qui donnent sur la rue. Appartement numéro 14.

VII

Il ne prononça pas un seul mot lorsqu'il la vit adossée à la petite porte bleue, patientant sous une chaleur écrasante. Sans sourciller, il acheva de se frayer un chemin à travers la foule bruyante et agitée. Sans même lui jeter un regard, il glissa la clef dans la serrure et pénétra à l'intérieur, laissant la porte ouverte comme une invitation non avouée. Il était partagé entre la rancune et le désir. Elle avait ce pouvoir terrifiant de le faire souffrir et il n'avait pas le courage de s'en défaire. Derrière lui, il l'entendit refermer la porte, étouffant du même coup le vacarme de la rue. Dehors, la ville et ses ombres folles. La lumière. Les cris. Dedans, la chambre. Silencieuse. Obscure. Terrifiante.

Il s'approcha lentement, la sentant à la fois offerte et rétive, déchirée entre le désir et la peur. Elle ne bougeait pas, mais son souffle haletant, gonflant sa poitrine à chaque inspiration, trahissait son émoi. Pas un fantasme, la réalité.

Dans un silence voluptueux, il caressa longtemps, du bout des doigts, la robe légère, révélant les courbes interdites. Elle, elle fermait les yeux pour ne pas voir. Par timidité. Peut-être par honte aussi. La honte de prendre du plaisir avec cet inconnu. La honte de transgresser l'interdit. La honte de ne pas avoir la force de s'enfuir.

Contrairement à elle, il scrutait chaque détail, cherchant à fixer dans sa mémoire cet instant, fasciné par la petite robe claire oscillant dans la pénombre. Un rêve sans doute, mais éblouissant. Il parcourait inlassablement ce corps, comme le sculpteur caresse et façonne la glaise fraîche. Il la convoitait avec sa bouche, du bout des lèvres. Il effleurait à peine les courbes scandaleuses, contenant son désir, contrôlant sa folle envie. Les bruits de la rue arrivaient jusqu'à eux, sans parvenir à les atteindre. Ce fut une expérience unique, hors du monde, hors du temps. Il s'agitait tous ces gens au-dehors, sans rien soupçonner de ce qui se passait, là tout près d'eux, dans la pénombre et la chaleur d'un après-midi d'été, derrière la petite porte bleue et les persiennes closes…

C'est dans cette atmosphère feutrée, étouffante de désirs qu'il avait alors fait glisser sa robe, dévoilant son corps vierge. D'un geste incontrôlé, par pudeur, elle avait voulu cacher sa nudité en croisant ses bras sur sa poitrine. Il l'avait portée ainsi sur le lit. Il lui avait demandé alors si elle voulait qu'il arrête, si elle avait peur, si elle voulait partir. Il lui demandait cela, parce qu'après il savait qu'il ne pourrait plus s'arrêter, et que si elle devait partir, elle devait le faire maintenant. Elle ouvrit les yeux et l'attira contre son corps. Elle posa son doigt sur ses lèvres brûlantes. Il comprit. Il se tut. Elle le déshabilla lentement, prolongeant l'attente, aiguisant le désir insupportable. Elle caressa la peau douce du torse imberbe, écoutant avec plaisir et frayeur le souffle haletant de cet étranger souffrant de plaisir. Pour la première fois, elle goûtait au corps d'un homme, et c'était merveilleux. Lorsqu'elle glissa sa petite main inexpérimentée dans le pantalon en lin, il lui saisit violemment le bras et se mit à dévorer son corps, lâchant tout ce qu'il avait retenu jusqu'alors. Submergée d'émotions, abasourdie, elle le laissa faire tout ce qu'il voulut. Et lorsqu'il acheva de se déshabiller, elle ferma à nouveau les yeux. Elle découvrit avec les mains. La moiteur de la peau. La chaleur du sexe. Dur. Immense. Effrayant. Il s'abattit alors, puissamment, de tout son corps, sur la petite vierge et la fit sienne dans un pur moment d'extase.

VIII

C'est idiot, mais quand elle sortit ce jour-là du petit deux-pièces et qu'elle se retrouva en pleine lumière, au cœur de l'agitation de la ville, elle se sentit profondément différente. Tout avait changé. La couleur du ciel, le parfum des fleurs, l'odeur du vent. Elle était une femme. Désirable. Excitante. C'est lui qui le lui avait dit. Pour la première fois, elle n'avait rien à envier à ses héroïnes romanesques, et il était encore plus beau que le Chinois. Elle avait envie de le crier à tout le monde.

J'ai fait l'amour, Monsieur ! Vous rendez-vous compte, Madame, pour la première fois de ma vie, un homme – et quel homme ! – a posé ses mains sur mes seins. Et vous, Madame, aucun homme ne doit avoir envie de vous déshabiller ! Alors que moi, voyez-vous, je suis très désirable. Ne me regardez pas comme ça, jeune fille, ça ne fait pas mal du tout, au contraire… Vous verrez aussi, vous, quand vous aurez rencontré un garçon très séduisant. Mais qu'est-ce que je raconte ? Je suis folle ! Oh, oui ! Folle d'amour. Tiens les cloches ! Déjà six heures ! Oh, mon Dieu, Marthe va être morte d'inquiétude. Vite. Vivement demain. Oh ! Je suis si excitée que je ne pourrai jamais dormir.

Je me sentais forte, exceptionnelle, j'avais découvert la jouissance… Je me croyais profondément différente au moment même où je me fondais dans la masse et devenais comme le commun des mortels…

IX

— Oh, pour l'amour du Christ, où étais-tu ? Voilà plus de deux heures que ton oncle et son invité t'attendent. Et tu ne peux pas y aller comme ça ! Va te changer. Vite !
— Un invité ? Qui ?
— Une surprise.

Je suis sûre que c'est lui. Il aura été demandé ma main à mon oncle. Peut-être a-t-il pris un taxi pour arriver avant moi et désespéré, fou d'amour et de douleur, il s'est jeté aux genoux du prêtre et a soumis sa requête. « Monsieur, j'ai goûté cet après-midi au corps de votre nièce, et jamais plus je ne pourrai vivre sans elle. Si vous refusez, je l'enlèverai et… » Oh, je suis folle, je raconte n'importe quoi ! En plus, ce n'est pas possible, Marthe a dit deux heures ! Cela ne fait pas si longtemps que nous nous sommes quittés. Qui cela peut-il bien être ? Je n'ai envie de voir personne. Vraiment personne. Je veux revivre ce moment exaltant encore et encore, le voir et le rêver et le revoir encore. Et puis, il faut que je choisisse ma tenue pour demain. Décolleté mais pas trop. Ni nonne, ni aguicheuse. Pas de noir, ça attriste le visage. Oui, mais ça affine la silhouette. Pas de pantalon. Ce n'est pas très sensuel. C'est difficile à enlever. On se met sur un pied, on vacille, on manque de tomber. Pas très envoûtant. Demain, j'irai faire les boutiques et…

— Chérie, nous t'attendons ! Descends vite.
— Voilà, j'arrive.

Quand elle descendit, elle flaira tout de suite le traquenard. Son oncle, avec son sourire condescendant, Marthe, avec son regard fuyant, le père François et l'inconnu mal à l'aise dans son costume gris, attifé comme une jeune mariée. Ils la regardaient tous sans prononcer un mot. Méfiante, elle salua cette charmante petite compagnie. Iphigénie. C'est le premier mot qui lui vint à l'esprit.

— Monsieur est le neveu du père François. Il nous a fait la gentillesse de venir nous rendre visite, afin d'égayer un peu notre soirée.

Elle les observa furtivement tour à tour, surtout lui, le neveu, malingre, chétif. Jeune et pourtant déjà voûté, recroquevillé, replié sur lui-même. Le résultat de l'alchimie complexe d'un enfant rachitique et d'un octogénaire pulmonaire. Quelle horrible vision après cet après-midi passé avec un Dieu !
— Oh, pardon, mademoiselle, je ne me suis même pas présenté : Jacques Duroy.
— Bonsoir, passons à table, si vous voulez bien, je meurs de faim.
— Avec grand plaisir, prenez mon bras, je vous en prie.
— *Quel laideron coincé et maniéré ! Il se croit au XVIIe siècle !* Merci. *On a vraiment l'air ridicule, il ne faut pas que je rigole.*
— Vous riez, Mademoiselle ?
— Oh, excusez-moi, c'est que je pensais à autre chose…

Ce repas lui paraissait atrocement long. Elle qui ne voulait rêver qu'à son beau brun, il lui fallait subir cet interminable dîner, tenir une conversation, sourire, être aimable. Un enfer. Marthe mangeait la tête baissée dans son assiette pour ne pas croiser son regard inquisiteur. À côté d'elle, ce Jacques poussiéreux, condescendant, bien comme il faut, l'ennuyait à mourir. Mais tout à coup, cette moitié d'homme inconsistant entra dans la lumière : il fit une allusion au Maroc. Pourquoi ? Quel était alors le sujet de la conversation ? Elle aurait été incapable de le dire, elle ne les écoutait plus depuis longtemps. Elle se contentait de sourire et de hocher la tête chaque fois qu'on lui posait une question, mais cette évocation du Maroc l'avait comme sortie de sa torpeur.

— Voyagez-vous souvent ? Vous êtes-vous rendu au Maroc ? Avez-vous visité d'autres pays d'Afrique du Nord ? Avez-vous vu des Touaregs ? Et le désert ? Des caravanes peut-être ? Oh, ce doit être merveilleux là-bas…

— Grand dieu, non, je ne me rendrais jamais dans un tel pays. Je disais simplement que…

— Mais qu'a-t-il ce pays ?

— Le pays rien, mises à part l'atroce chaleur et la sécheresse bien sûr, mais c'est surtout ce peuple, des musulmans ! Non, ne vous inquiétez pas, je ne suis pas de ces aventuriers fantasques et inconscients qui se retrouvent à quarante ans avec le palu. Je suis un bon croyant et très casanier.

— Vous avez entièrement raison. Pardonnez l'ignorance et la naïveté de ma nièce. Dieu nous donne bien assez à faire ici même, sans qu'on ait besoin de se rendre dans de tel pays, si ce n'est pour aller prêcher la bonne parole, bien entendu. Ma nièce est une ingénue, une rêveuse.

— Je pense, mon oncle, qu'un bon catholique s'ouvre à la différence, au monde, à la vie. À moins qu'un bon catholique ne soit un fanatique, un nombriliste, un homme qui mépriserait autrui, qui renierait ses semblables ? Marie-Madeleine, qui, vous l'avouerez, menait une drôle de vie, a sa place au paradis, mais pas Fatima parce qu'elle se rend assidûment à la Mosquée ? Dieu, que Dieu est fantasque !

— Gersende ! Tais-toi ! hurla Anselme, la bouche pleine, manquant de s'étouffer. Je vous prie d'excuser ma nièce, qui parle sans savoir et qui parfois ferait mieux de se taire.

— Non, non, c'est moi, tout est de ma faute. Je ne voulais pas vous blesser, Mademoiselle, veuillez m'excuser. J'ai été maladroit dans mes paroles, c'est sans doute votre grande beauté qui me trouble.

Cette phrase cisailla violemment son cœur. Que répondre ? Lui faisait-il du gringue ? Mais qu'espérait-il ce poitrinaire bigot ? Était-ce bien là l'immonde complot de son oncle ? Ah ! alors là, il pouvait toujours courir. Depuis des années maintenant, elle jouait son rôle de bonne petite-nièce obéissante et silencieuse, pour qu'on lui fichât la paix, et surtout pour ne faire de peine à personne. Lui, il n'avait pas eu cette délicatesse. Cela ne le dérangeait pas de la vendre à un vieillard de vingt ans, comme une esclave. Ses regards mielleux et ses sourires forcés, en début de repas, en disaient longs sur ses intentions. Elle allait lui faire payer ses petites manigances malhonnêtes. Il allait bien falloir lui faire comprendre qu'il ne gérerait pas sa vie à sa place.

— Merci du compliment. Je vais vous prier de m'excuser, Jacques, mais je me sens fatiguée et vais monter me coucher.
— Mais enfin chérie, tu n'as même pas mangé de dessert. J'ai fait une tarte à la pêche.
— Merci, Tounette, tu es gentille, mais je ne peux plus rien avaler. Bonsoir.

Elle se leva de table, laissant son oncle consterné.

X

— Ma petite fille, ton attitude hier soir n'était pas correcte, j'en suis fâché. Tu es une jeune femme maintenant et tu dois te conduire comme telle. Tant que tu seras sous mon toit, je ne permettrais pas que tu insultes notre Seigneur. Comprends-tu ?
— Bien.
— Tu as gâché notre soirée, avec ton caractère emporté et tes mots ont dépassé ta pensée ; mais, ne crains rien, Jacques ne t'en veut pas. Il ne t'en tiendra pas rigueur. C'est un garçon charmant à qui, je crois, tu n'as pas déplu. Que penses-tu de ce jeune homme ?
— Banal, anodin, sans relief, sans intérêt, gentil, mais ennuyeux, vieux avant l'âge.

Pas la peine de me regarder avec ces yeux-là. Ça y est, c'est dit, et qu'importent les conséquences. Je n'ai pas du tout apprécié ton petit manège hier soir. D'ailleurs, je n'ai même pas embrassé Marthe ce matin, ça n'était jamais arrivé. Elle paraît mortifiée, tant mieux. Comment a-t-elle pu marcher dans une telle combine et me laisser pénétrer dans la fosse aux lions ? Du calme, mon oncle, vous êtes aussi rouge que les piments du Mexique qui sont en photo dans le livre de recettes de Marthe. Attention, il va parler, me dire un mot bien incisif, sans doute...

— Gersende ! Mais enfin que t'arrive-t-il ? Comment parles-tu ? Je ne te reconnais pas. Que lui reproches-tu à ce garçon parfait ?

— Rien du tout ! Qu'il vive sa vie et qu'on me laisse tranquille ! Chacun pour soi et Dieu pour tous ! D'ailleurs vous ne me connaissez pas.

— Pardon ?

— Vous dites que vous ne me reconnaissez pas, mais en réalité, vous ne me connaissez pas.

— Mais enfin, calme-toi, et change de ton, je ne sais pas ce qui te prend, mais c'est moi qui t'ai élevée et qui ai promis à ta pauvre mère – paix à son âme – de veiller sur toi. Les années ont passé et tu es devenue une jeune fille agréable, discrète et réservée. C'est pourquoi, je pense…

— Cessez de penser à ma place ! Je ne suis pas agréable, et encore moins discrète, ni réservée. Si j'ai été une bonne fille bien comme il faut jusqu'à aujourd'hui, c'était d'ailleurs uniquement pour ne pas vous blesser, car moi, oui, moi, j'ai quelques égards pour vous. Je me suis bien trompée, je croyais qu'un père, même de substitution, désirait par-dessus tout le bonheur de sa fille.

— Mais c'est exactement ce que je veux. Tu n'as pas compris mes intentions, et…

— Je les ai tout à fait comprises au contraire ! Vous voulez que je fréquente ce moine bénédictin, que je me marie avec ce serin et que – grand Dieu ! – j'aie des enfants avec cette moitié d'homme ! Quelle horreur ! Vous m'offrez une vie tellement parfaite que personne n'en voudrait, puant le rance et la moisissure, exhalant l'ennui et le désespoir. Mais vous vous trompez, mon oncle, je ne serai pas de ces êtres qui passent toute leur vie à regarder tomber la pluie à travers une fenêtre exiguë. Un être blessé se demandant tous les jours ce qu'il y a là-bas, au loin, derrière cette montagne, et qui meurt un matin d'avoir trop scruté l'horizon, sans être jamais parvenu à l'atteindre. Je ne serai pas la femme qui regarde par la fenêtre, jamais, comprenez-moi mon oncle, je vous en prie.

— Tu seras celle derrière la montagne.

— Exactement.

— Et tu seras mieux, vraiment ? Crois-tu que la montagne cache un paradis ?

— Vous ne me comprenez pas.

— Je te comprends parfaitement, au contraire, mais tu te trompes. Le vrai bonheur c'est la tranquillité, la sérénité, pas la passion ni la frénésie. Je te souhaite de vivre heureuse et d'avoir un mari honnête qui saura t'aimer et t'être fidèle. Que peut bien vouloir d'autre une femme que d'aimer son mari et d'élever ses enfants ?

— Vous n'êtes pas sérieux ! Mais pourquoi Diable Yahvé nous a-t-il donné une cervelle ? C'est du gâchis ! Il aurait pu faire de sacrées économies s'il avait supprimé les pièces inutiles lors de la construction.

— Tu me blesses énormément et tu blasphèmes en plus. Tu n'as pas compris que je ne voulais que ton bien en te présentant ce garçon. Je préfère m'en aller et te laisser seule avec Dieu et ta conscience. Mais sache bien, ma petite fille, que je ne te laisserai pas bafouer ma réputation, que jamais je n'accepterai que tu vives dans le péché avec un garçon dépravé ou que tu deviennes une de ses féministes qui ne savent pas où est leur véritable place.

— Leur place de boniche et d'esclave soumise.

— D'épouse dévouée et de mère exemplaire.

— Je suis désolée, mon oncle, mais préparez-vous à être déçu.

— Ne dis pas des choses que tu pourrais regretter par la suite.

— Ne vous inquiétez pas, j'irai me confesser, réciterai dix « Je vous salue, Marie » et tout sera effacé.

— Ne te moque pas du Tout-Puissant.

Jusqu'à ce qu'il refermât la porte, elle resta droite, la tête haute, déterminée, insolente. Ensuite, elle s'effondra. Elle l'avait

DE PASSAGE

fait souffrir volontairement, elle était affreuse, cruelle. Pourtant, elle avait le vague sentiment qu'il fallait le faire, qu'il fallait se libérer enfin. Cette nuit-là, elle ne put dormir. Elle se parla à elle-même encore et encore, jusqu'à en devenir folle.

Si maman était là, elle me serrait tout contre son cœur, comme elle le faisait autrefois, lorsque j'étais triste. La perte d'une mère c'est l'expérience de la grande solitude. La déchirure. La perte de soi. Je t'aime tellement ma p'tite maman, et je suis si effrayée de t'imaginer clouée à l'horizontal, compressée par toute cette terre et, comme si ça ne suffisait pas, écrasée à nouveau par un bloc de marbre. Là, c'est sûr tu n'en réchapperas pas. Dieu lui-même semble avoir échoué, car mes prières d'enfant, pourtant ferventes et sincères, sont demeurées sans réponse. Lazare, mais pas toi. Peut-on croire encore en Dieu après ça ? À qui parler maintenant ? À qui confier mon bonheur de femme ? Mon oncle, insensible aux vivants, préfère sa Chimère. Marthe m'aime, c'est vrai, mais je ne peux lui confier des secrets qui l'obligeraient à se confesser dix fois par jour et à se sentir coupable envers Anselme. Mon père ? Ah ! Mon père... Non, maman, je n'ai que toi. Toi qui, dans la souffrance, m'as enseigné l'espoir, le courage et la force de sourire encore quand tout va mal. Aujourd'hui justement tout va mal, et je me sens orpheline pour la troisième fois, d'abord toi, puis papa, et maintenant mon oncle. Que tu me manques, je donnerais ma vie pour pouvoir serrer tes vieux os pourrissants contre mon cœur meurtri. J'espère que l'amour de cet homme sera à la hauteur de mon sacrifice. Je t'aime.

XI

Ils étaient là, allongés sur le lit, l'un contre l'autre, cuisse contre cuisse, silencieux, encore étourdis de plaisir. Malgré la pénombre, son esprit s'attachait à scruter les moindres détails de la pièce. Il lui fallait figer cet instant, afin que sa mémoire s'en imprègne. La douce chaleur de fin d'après-midi. Le parfum sucré qu'exhalent les fleurs d'été. La moiteur des corps. Elle caressait sa peau, douce et imberbe au rythme de chacun de ses muscles d'homme. Son corps viril contrastait terriblement avec la finesse de ses doigts. Des doigts fragiles et sensibles, des doigts d'artistes : un Hercule aux phalanges de verre. C'est lui qui le premier rompit le silence.

— C'est impossible, tu ne peux pas partir. Je ne pourrais pas le supporter. Tu comprends, tous les jours, depuis presque un mois maintenant, tu es ma seule préoccupation. Ma vie ne tourne plus qu'autour de nous et, comme ça, d'un coup, tout va s'arrêter ? C'est inconcevable.

Il se releva légèrement et se mit sur le côté, la regardant puissamment dans les yeux. Elle ne répondit pas, mais son visage révélait son trouble et son tourment. Il continua alors tout en la caressant légèrement de sa main droite, dessinant des courbes hasardeuses sur ce corps qu'il venait de posséder et qu'il désirait encore.

— Tous les soirs, lorsque je m'assois devant mon piano, toutes mes pensées vont vers toi et c'est pour toi que je joue, pour toi qui n'es pas là ! Tu comprends ? c'est ridicule, hein ? Les hommes fument leur cigare et boivent leur whisky, pendant que leurs femmes me lancent des regards lubriques et indécents. Et moi ? Moi, je ne vois rien, je ne suis pas là ! Tu peux croire ça ? Mon corps est là bien sûr, mais en pensée, je suis à mille lieux d'ici. Tu comprends, je ne vois personne d'autre que toi ! Jusque-là, je savais avec certitude que le lendemain, je pourrais serrer ton corps jusqu'à te faire mal pour me convaincre que c'est bien toi et que je suis bien moi et que ce n'est pas un rêve. Mais si tu pars… je… Gersende… écoute, je crois que je t'aime comme un fou.

Il soupira, en esquissant un sourire amer, tout en baissant les yeux :

— Je me sens idiot. On dirait un gamin, un puceau énamouré. Et crois-moi, ça ne me ressemble pas, mais j'm'en fous, je ne veux pas te perdre.

— Je ne rentrerai pas. Je me suis offerte à toi, comme je ne m'étais jamais offerte à un homme. Si un jour, nous nous séparons, tu resteras à jamais l'homme de la plage, le beau brun, celui qui m'a pris mon enfance et qui m'a révélé femme. On ne peut plus changer cela, même si je découvre quelques vérités infâmes sur toi, même si pour une raison quelconque tu en viens à me détester, c'est désormais inscrit dans mon histoire et dans la tienne. Tu comprends ?

— Oui.

— Mon amour, je vais te confier désormais ma vie, je quitte tout ce que j'ai pour rester avec toi, je perds ma famille, tu comprends, si je décide de t'aimer, je perds tout.

— Je comprends.

— Est-ce que tu te sens le courage et la force de m'aimer toujours ? Je veux dire passionnément, comme un fou ? Jamais tu ne cesseras de m'aimer, n'est-ce pas, jamais ?

— Non, mon amour, jamais.
— Tu sais, je ne veux pas mourir comme maman.
— C'est-à-dire ?
— Maman, pendant sa lente agonie, a eu le temps de faire l'inventaire de tout ce qu'elle n'a pas pu faire, ni même rêver de faire. Elle a réfléchi à ce qu'avait été sa vie, pendant ses longs mois de souffrance – la souffrance, ça fait réfléchir. Maman s'est trompée, elle a aimé un homme, qui, lui, aimait les femmes, toutes les femmes, et qui n'a pas compris que la seule qui aurait pu le rendre heureux c'était elle. C'est absurde n'est-ce pas ? Elle a compris qu'elle s'était trompée et que, pire encore, de cette erreur était né un enfant. Je suis le fruit d'une erreur. Alors elle a compris avec horreur qu'elle partait, qu'elle n'y pouvait rien et qu'elle laissait derrière elle une petite fille, seule à jamais. La vie de maman a été une erreur et elle ne méritait pas ça.
— Je te jure que désormais tu ne seras plus jamais seule.
— Je t'aime.

XII

Mon Cher oncle,

Comment partir sans vous parler une dernière fois ?
Pardon. Pardon à vous que je connais mieux que personne, à vous que j'ai su apprivoiser avec mon âme d'enfant, à vous qui avez fait de la petite sauvageonne apeurée et blessée que j'étais, une jeune femme cultivée et épanouie. Je sais déjà vos mains tremblantes, vos larmes toutes intérieures et vos innombrables remords. Je sais tout ça. Vous avez été un père pour moi, au moment même où vous vous étiez résigné à ne jamais connaître la paternité. Vous avez fait ce choix difficile de bouleverser votre vie, en me prenant sous votre aile, je le sais et je ne l'oublie pas. Pourtant je dois partir, il le faut, je ne suis pas comme vous et ne le serai jamais. Vos projets pour moi m'effraient terriblement. Comprenez-moi, je ne veux pas d'une vie sans amour, d'une vie de devoirs et d'ennui, d'une vie dont le seul et unique but est de nous conduire vers le tombeau. Je ne crois pas à la résurrection, mon

oncle, pardon. Je vous plains tellement, car lorsque vous arriverez au bord du gouffre et qu'il faudra bien se jeter dans l'infini, qu'aura été votre vie ? Vous méritez tellement mieux que cela. Vous êtes bon, généreux, encore bel homme, profitez de la vie. Si vous m'aimez un peu, vivez je vous en prie. Quant à moi, le temps est venu que je trouve enfin ma place entre un père immature, égoïste, détestable et un père saint, irréprochable, intransigeant. Comprenez que je dois aujourd'hui saisir la chance unique qui s'offre à moi de m'envoler pour mieux me révéler. Prenez grand soin de ma petite Tounette qui je le sais imbibe déjà de ses lourdes larmes le papier ramolli, effaçant l'encre de ces quelques mots, jusqu'à leur disparition complète. C'est très bien comme ça. Vivez pour vous-même, ne m'en veuillez pas. Je pars, et si vous m'aimez, ne cherchez pas à me retrouver. J'emporte avec moi un peu de vous dans les tréfonds de mon cœur. Je vous aime tant.

Votre Gersende

P.-S. Embrassez maman pour moi dans vos prières, car j'ai beau tendre mon esprit de toutes mes forces et de toute mon âme, je ne ressens que la douleur atroce d'un silence vide. Votre Dieu ne m'aime pas.

Cinquième partie

I

Des semaines de bonheur intense commencèrent alors pour les deux amants. Leurs journées comme leurs nuits se consumaient d'une passion ardente. Rituel sacré, sans cesse renouvelé, ils s'offraient mutuellement leur corps, se sacrifiant dans un mouvement entier et généreux, sondant les profondeurs inconnues de ce sentiment nouveau qui les dévorait tout entier. Lorsqu'ils étaient repus d'amour et de plaisir et que le désir fatigué se tapissait au fond de leur âme encore engourdie, ils s'endormaient l'un dans l'autre, bercés par quelques mélodies qui les enveloppaient à toute heure du jour et de la nuit. Sa force d'homme mêlée à sa sensibilité de musicien offrait un curieux mélange de violence et de sensualité, une virilité teintée de féminité qui le rendait terriblement désirable. Il n'était pas rare qu'en le regardant dormir, submergée en secret par l'émotion et la beauté du moment, elle laissât s'échapper quelques larmes, transportée par les notes troublantes du *Tempo di valse*. Plus jamais elle ne pourrait écouter Dvoràk sans sentir douloureusement son cœur se serrer, plus jamais. Les jours s'écoulaient dans cette inconscience des premiers émois. Découverte de l'amour. Plénitude de l'âme.

L'illusion du bonheur éternel s'installait donc peu à peu. La joie intense que provoque le cliquetis de la clef pénétrant la serrure et sonnant le retour de l'être cher. Les essayages infinis dans le miroir, l'envie de plaire et de séduire. Les regards lubriques imaginant les courbes saillantes sous les tissus contraignants et pudiques. Le désir insatiable de l'autre, la douceur des caresses, la violence des baisers. Les promesses éternelles et les projets d'avenir.

Ils étaient à Paris depuis six mois déjà. La belle saison finie, Ruben avait dû reprendre ses habitudes dans la capitale. La journée, il suivait des cours au conservatoire, la nuit, il jouait dans un club élégant, *Le Jaguar,* devant quelques habitués, cigares à la bouche, champagne à la main. Elle, grâce à sa solide culture classique, donnait des cours particuliers de français et de latin à des fils à papa ingrats et hautains. Cet emploi, qu'elle n'avait pas obtenu sans mal, lui payait ses études de lettres à la Sorbonne et lui laissait surtout assez de temps libre pour s'emparer gloutonnement de Paris et ses merveilles. Elle vivait enfin. Elle aimait à se perdre dans cette ruche bourdonnante. Elle marchait pendant des heures et des heures, jusqu'à ce que son esprit soit repu, son corps brisé. Dieu que c'était bon, elle était libre !

Le soir, elle se retrouvait seule, enveloppée dans l'obscurité et le silence de la petite chambre de bonne. Elle savourait délicieusement cet instant bien à elle, ce pur plaisir. Ces petits moments privilégiés, ceux que l'on se réserve comme un cadeau précieux, lorsque nous savons que notre solitude n'est que temporaire, ces moments-là sont proprement jouissifs. Petit péché de solitude extatique…

Tous les soirs et pour une bonne partie de la nuit, Ruben était au *Jaguar.* Il pensait à elle, assis là devant son piano, elle le savait, ça lui suffisait. Elle prenait alors plaisir à se mettre bien au chaud dans quelques vieux pyjamas immondes mais douillets, qui l'enlaidissait et qu'elle troquait bien vite contre une nuisette en satin affriolante, lorsqu'elle voyait arriver le moment fatidique du retour de son homme, de son Dieu. Tous les soirs, elle regardait, à travers la fenêtre, le spectacle de la nuit silencieuse s'installer sur la ville. Elle se plaisait à imaginer les vies dissimulées derrière chaque petit carré lumineux tranchant sur le décor obscur. Là-haut à gauche, au quatrième étage, peut-être une vieille femme qui, faute de trouver le sommeil, lit un roman d'amour et de jeunesse, et qui pleure à chaque fois qu'elle voit ses mains décharnées tourner les pages. Dans l'immeuble d'à côté, peut-être un adolescent qui profite de l'absence de ses parents pour veiller tard, ou une femme trompée qui boit pour oublier. La lumière de l'immeuble d'en face vient de s'éteindre, un couple qui fait l'amour peut-être, une réconciliation après une crise de jalousie, ou quelqu'un qui se cache pour pleurer… Toujours lorsqu'elle violait la nuit, en essayant de percer ses secrets, elle se sentait particulièrement mélancolique.

Elle ne se demandait pas ce que faisaient Marthe et son oncle, non, elle le savait. Elle les imaginait avec plaisir, Tounette, assise dans son lit, emmaillotée dans sa grosse robe de chambre bleue, faisant son raccommodage, tout en suçant en cachette un morceau de chocolat, et Anselme, seul dans son bureau, lisant quelques pages aussi saintes qu'ennuyeuses, en buvant sa tisane. Ils lui manquaient terriblement, mais c'était tellement bon de savoir avec certitude où ils étaient et ce qu'ils faisaient. Non, ce n'était pas cela qui la rendait vaguement malheureuse. Il y avait maman bien sûr, mais ça c'était la grande douleur, la plaie béante bien identifiée. Non, là, c'était une sorte de petit pincement à la fois aigu et fugace. Depuis longtemps, elle ressentait cette souffrance intérieure, sans en connaître la cause, ou du moins sans vouloir la voir, mais depuis qu'elle menait une vie de femme indépendante, depuis qu'elle n'était plus une enfant, étrangement elle comprenait que cette douleur tenace était liée à cet horrible bonhomme… à son père. Lorsqu'elle allait manger le dimanche chez les parents de Ruben, parfois il lui arrivait de se cacher pour pleurer sa haine et sa douleur. Quand elle les voyait tous unis et aimants, elle ne pensait qu'à lui, se répétant qu'il était un monstre. Que faisait-il d'ailleurs, lui, en ce moment ? Faisait-il un enfant à une autre femme, se battait-il dans quelques bars mal famés, arpentait-il les rues nocturnes, seul et alcoolisé ? Ce dont elle était sûre en tous les cas, c'est qu'il ne pensait pas à elle, il l'avait sortie de son existence, effacée de sa mémoire. Elle s'en voulait terriblement de ne pas être assez forte. Elle se trouvait pitoyable lorsqu'elle versait des larmes pour cet homme qui vivait très bien sans elle. « Mon père est un monstre, redisait-elle à haute voix, pour l'entendre et s'en persuader, un monstre. »

Puis, curieusement, elle parvenait très vite à passer à autre chose. Bien décidée à profiter de sa solitude, elle saisissait le petit cahier noir, dissimulé au fond de l'armoire, sur lequel s'écrivaient en secret les pages d'un futur roman. Elle lui donnait naissance dans la douleur, extirpant ses pensées les plus intimes, exhumant les plus dérangeantes, pour ensuite les coucher de force sur le papier. L'écriture était son exutoire, sa thérapie, lorsque son pianiste n'était pas là pour la prendre dans ses bras.

Quand l'heure de son retour approchait, elle prenait soin de dissimuler le fameux cahier et commençait à se préparer, à l'heure même où toute la ville était endormie. C'était donc une femme toujours très désirable, impatiente et ravie qui embrassait le guerrier à son retour. Le parfum vanillé se mêlait alors à l'odeur de tabac froid, tandis que la nuisette légère glissait déjà le long de son corps offert. Les saisons se succédèrent ainsi, dans l'amour et le plaisir, sans qu'aucun événement ne vienne altérer cette idylle. Ils n'avaient pas conscience ni des autres, ni du temps qui passait. Ils vivaient en autarcie pour eux-mêmes, par eux-mêmes. La famille de Ruben, les connaissances, les collègues… représentaient du temps de perdu, des moments gâtés où ils manquaient d'être tous les deux. Ils n'avaient pas de temps à gaspiller : ils n'avaient devant eux qu'une seule vie d'amour !

II

Depuis quelques mois déjà, il ne lui fait plus l'amour quand il rentre. D'ailleurs, souvent elle dort déjà.

Toutes les pages du cinquième petit cahier sont noircies, les mois ont passé, la passion aussi… Depuis un certain temps, une mélancolie profonde infiltre son cœur de jeune femme. Impossible de déterminer l'origine de cette douleur qui s'immisce insidieusement au plus profond de son âme. Cela se traduit par un dégoût de tout, une grande lassitude et une nonchalance détestable. Elle ne parcourt plus les rues de Paris à l'affût d'une curiosité, d'une splendeur inconnue, d'une découverte éblouissante. Son cœur ne chavire plus au doux son des cloches de Notre-Dame. Son âme n'est plus ravie par la magie de la capitale. Tout lui est devenu terriblement familier. Les rues parisiennes ont pris le visage de toutes les autres rues du monde : des trottoirs sales, sur lesquels déambulent plus ou moins vite des inconnus, des boutiques et des logements gris, dans lesquels des histoires, toujours les mêmes, font et défont des vies. Elle vient d'être frappée en plein visage par celui qu'on appelle le Quotidien. Celui-là même qui sait camoufler, derrière un sourire apaisant et rassurant, sa dangerosité et son pouvoir de destruction.

À présent, une fois sa journée terminée, elle s'empresse de rentrer dans la petite chambre de bonne pour s'échapper à travers la lecture. Elle se réfugie dans de bons gros romans douillets, grâce auxquels elle vit une myriade d'aventures passionnelles et dramatiques. Elle est une jolie vierge poursuivie par les assauts d'un homme mûr mourant d'amour pour elle, ou bien une de ces femmes libérées et résolument modernes qui gravissent les échelons sociaux, en bravant tous les obstacles, ou encore une grande dame bafouée qui rêve de vengeance, une maîtresse tuant sa rivale, une cantatrice reconnue, une courtisane célèbre, une aventurière rebelle, une journaliste ambitieuse, une… Et, vers 18 heures, lorsqu'elle entend la petite clef tourner dans la serrure, elle sent battre son cœur. Sous l'emprise puissante de sa lecture, l'esprit altéré par ses fantasmes, elle le regarde venir vers elle. Toujours le cœur battant, elle espère l'inattendu et toujours sa déception dépasse ses espérances. Ruben rentre, jovial, mais les traits tirés. La plupart du temps, il l'embrasse sans s'en rendre compte, machinalement, et lui dit quelques mots tendres, qui ont le goût de la sécurité, sans le parfum de la passion.

— Bonsoir, mon ange, tu vas bien, tu as passé une bonne journée ? Moi, je suis épuisé, je vais dormir un peu, avant le dîner, sinon, je ne tiendrai pas le coup ce soir.

Il se déshabille rapidement devant elle, sans aucune sensualité, et se blottit tout contre son corps en disant qu'il l'aime et qu'elle est la plus belle chose qui lui soit arrivée. Il s'endort alors immédiatement dans le silence et l'ennui, le sourire aux lèvres, et elle reprend la lecture de son roman dans la tristesse et l'âcreté des fins de journée. Une vie par procuration, c'est tout ce qui lui reste.

III

À présent, elle comprenait toute l'horreur de son erreur. Elle saisissait surtout l'intelligence et la force de la petite blanche de Sadec. Elle, elle avait su conserver à jamais le feu et le désir. Elle, elle avait eu la force de rester insensible et de partir sans jamais revenir, pour conserver toute la puissance et la beauté de leur histoire. En partant, elle gravait à tout jamais son nom dans le cœur du Chinois, faisant saigner une plaie impossible à panser. Les plus beaux fragments de notre existence sont les plus brefs. Il a dû pendant des années, chaque nuit, dans l'obscurité de la chambre, essayer de retrouver l'odeur de sa peau. Il a dû rêver mille fois la fermeté de ses petits seins blancs, et, tout en pleurant silencieusement, imaginer ce qu'elle pouvait bien faire, elle, en ce moment même, pendant qu'il souffrait, lui, dans la solitude et la froideur du lit conjugal. Si la petite blanche et le chinois s'étaient mariés, ils se seraient certainement détestés au bout de dix années de vie commune. Il lui aurait reproché de ne plus retrouver la fermeté de ses seins, l'élasticité de ses cuisses, le purpurin de ses lèvres charnues et il l'aurait regardée comme le miroir de sa propre vieillesse. Il lui en aurait voulu d'être restée auprès de lui et d'avoir tué les plus beaux souvenirs de sa jeunesse. Seul, loin d'elle, il est riche de pouvoir la penser à son image, de pouvoir la fantasmer autant qu'il le veut et de vivre intensément en rêve, pour affronter plus fort la réalité.

Être adulte, c'est cela. C'est vivre en rêve, pour pouvoir supporter la monotonie et l'ennui de l'existence. C'est faire l'expérience de la désillusion et comprendre alors tout ce que la destinée humaine a de tragique. L'esprit de l'homme est insondable, et son cœur est rempli d'espoir, d'énergie et d'amour jusqu'à ce que l'étroitesse des murs de la vie l'empêche de se réaliser. Alors, il meurt asphyxié, écrasé sous le poids trop lourd de ses illusions d'enfants à jamais perdues.

Elle n'avait encore jamais voyagé à l'étranger, elle n'avait toujours pas revu son père, elle avait quitté ceux qu'elle aimait et Ruben ne la désirait plus aussi fort qu'avant. L'ivresse de la passion s'était étiolée jusqu'à disparaître complètement, laissant apparaître la tendresse. L'horrible fadeur de la tendresse. Elle passait à côté de sa vie. Qu'étaient devenus ses rêves et sa joie de vivre ? Son énergie débordante ? Et son éternelle curiosité de tout ? Elle pensait découvrir une vie d'aventures et d'amour en suivant le beau brun de la plage, et en un rien de temps, elle était devenue une petite femme rangée, au quotidien réglé et ennuyeux. Elle menait la vie qu'elle avait toujours voulu fuir.

Pourtant elle l'aimait, son homme, ça oui, plus que tout. Elle souffrait d'autant plus. L'habitude tuait leur amour, et elle n'y pouvait rien. Il ne la regardait plus avec les yeux du désir, mais avec ceux de l'affection. Un regard insupportable. Étouffante, cette vie lisse écrasée par la monotonie du quotidien. Terrifiante, cette succession de journées toutes identiques nous menant vers une fin certaine. Écrasante, cette conscience aiguë du destin. Elle aurait tellement voulu ne plus penser, juste être heureuse sans se poser de questions. Ne plus se torturer, laisser reposer son esprit tourmenté. En vain.

IV

C'est là que commencèrent alors les violentes disputes et les crises de nerfs imprévisibles, à peine motivées. L'intensité des sentiments n'était plus engendrée par le plaisir extatique, usé et stérile. Désormais, seuls les éclats de voix et les pleurs avaient ce pouvoir de faire renaître la force du désir. Elle le voyait souffrir de son état, elle le trouvait désespéré à cause d'elle, c'était déjà ça. Les disputes perçaient la lourdeur du silence monotone, brisaient le quotidien, la faisaient exister dans la douleur, la violence et les larmes. La réconciliation, intense, éblouissante, donnait alors l'illusion d'une passion ravivée.

Après une terrible dispute, elle se sentait comme vidée de toute son énergie. Après le passage du feu, le néant. Il s'inquiétait alors de son état et faisait tout ce qui était en son pouvoir pour lui redonner le sourire. Il redoublait d'attentions et de tendresses, et lui demandait souvent pardon sans savoir pourquoi. Pendant des mois, ils vécurent ainsi dans la tourmente des crises et la délectation du bonheur retrouvé. La peur de perdre l'autre réveille le désir.

Mais on s'habitue à tout, même à l'imprévisible. Au bout de quelque temps, il ne la consola plus, se dit fatigué de ses crises incessantes. Il était devenu totalement insensible à sa douleur. Et, quand les reproches commençaient à fuser, il prenait sa veste et partait. Elle le perdait à trop vouloir le garder…

V

À l'homme de ma vie,

Je pars pour mieux te retenir. Pour préserver notre amour. Cache-le dans un coin de ton cœur, comme un cadeau précieux et fragile. Enfouis-le au plus profond de toi-même. Juste le conserver et ne plus s'en servir, voilà le seul moyen de le protéger. Regarde ! Présentement, tu m'aimes bien plus fort que lorsque j'étais à tes côtés, bien plus fort que ce matin, bien plus fort que tu n'aimeras jamais la femme qui me remplacera. En ce moment, tu souffres, mon chéri, et tu meurs d'amour, sans savoir que tu viens de vaincre l'Indifférence et l'Habitude qui nous dévoraient tout entier. Surtout, vis ta vie, mon amour, fais tout ce que tu désireras. Durant la journée, oublie jusqu'à mon nom, mais chaque fois que tombera la nuit et que tu te sentiras seul, rappelle-toi la petite vierge aux persiennes bleues.

Plus jamais, non plus jamais, je ne pourrais aimer un autre homme aussi fort que toi, plus jamais. Tu resteras la plus belle histoire de ma vie, la seule qui ne sera pas entachée par l'habitude, salie par le poids du quotidien. Je n'emporte avec moi que ton sourire, la force de ton corps et la beauté de tes mélodies, rien de nos disputes dont je suis la seule responsable. J'ai trop mal, tu sais. J'aurais tellement voulu être heureuse et vivre avec toi intensément et furieusement. C'est impossible. L'érosion de la vie. L'usure du temps. La déliquescence du bonheur. Et du corps aussi. Aujourd'hui, je sauve notre histoire qui virait à la banalité, et notre amour s'en trouve grandi, dans la douleur c'est vrai, mais comment faire autrement ?

Surtout, je t'en supplie, ne te sens pas coupable de quoi que ce soit. Tu es un homme parfait, c'est pour cela que je te quitte. Pour mieux t'aimer et te conserver à jamais. Que sera notre vie dans quinze ans ? Vingt ans ? Trente ans ? Tu t'en voudras d'éprouver du désir pour les jeunes filles fraîches et appétissantes, qui caresseront ton piano, pendant que j'attendrai ton retour, aigrie, te détestant pour ces petites infidélités. Jeune et séduisante, j'ai tant de mal à conserver le feu de notre amour, qu'en sera-t-il lorsque je serai ridée et dégoûtante ? En partant, je reste à jamais la jeune fille fraîche et spontanée qui t'a bouleversé un jour d'été. Tu m'offres la jeunesse éternelle.

DE PASSAGE

Maintenant, il faut vivre, absolument. Furieusement. Il faut entretenir notre amour et le sublimer grâce au souvenir. Malgré la douleur, je suis plus forte. Plus forte, car lorsque je souffrirai la nuit, seule dans le noir, je saurai que quelque part, parmi ces fenêtres allumées, un homme fouille sa mémoire pour retrouver les vestiges d'un bonheur passé. Je saurai qu'il caresse les draps comme on caresse la peau d'une femme. Je sentirai ses mains sur mon corps, dans mes cheveux, entre mes cuisses. Je fermerai les yeux et il me fera l'amour à distance. Tu me feras l'amour.

Je t'aime à jamais et pour toujours. Adieu.

Gersende

VI

Plus que jamais, elle avait besoin de se jeter dans les bras tendres et réconfortants de Marthe, pour y déverser tout son chagrin. Plus que jamais, elle ressentait le besoin de se confier à son oncle.

Elle déposa la lettre sur le lit et s'enfonça dans la nuit noire, en larmes et le cœur en miettes. N'emportant avec elle que les cinq petits cahiers noircis, elle monta dans ce wagon sale et désertique, qui l'absorba tout entière dans un bruit effrayant. Et tout en voyant filer les lumières de la nuit, elle pensait au beau brun de la plage, qui en ce moment même jouait du piano au club, ignorant, innocent, insouciant.

Et elle pleura de tout son être.

Sixième partie

I

Le jour commença à poindre, et les premières lueurs éclairaient faiblement le wagon. En regardant les pâtures désertes se succéder, elle se dit qu'en ce moment même, il savait et qu'elle était à des centaines de kilomètres de lui, et qu'il souffrait, et qu'elle n'était pas là pour le réconforter. Oui, le seul homme qu'elle n'avait jamais aimé souffrait et c'était à cause d'elle. Elle se dégoûta. Elle était un monstre, comme son père. Depuis qu'elle était enfant, elle n'avait su qu'attirer la tristesse et la douleur. C'était sa faute, tout était de sa faute, c'est elle qui provoquait tous ces malheurs. Elle demeura inerte, comme anéantie.

Tout à coup, elle sursauta et sortit de sa torpeur. Oui, il souffrait, et cela lui était insupportable, mais jamais, oh non, jamais, il ne l'avait autant aimée. Elle avait fait un choix. Il fallait maintenant l'assumer.

Quand elle descendit du train, l'air frais la saisit, mais elle décida de faire la route à pied. C'était son chemin de croix, sa pénitence.

Une émotion étrange la saisit quand elle tourna dans la rue des acacias. Elle marcha avec précaution, presque religieusement, sur les pavés qu'elle avait tant de fois foulés, pendue au bras de Marthe. Asticot gigotant au bout d'un bâton. Oui, encore cinq mètres et il faudra prendre l'allée des Forêts, puis la rue tournera légèrement et elle apercevra alors le clocher étincelant de Sainte-Agathe. Combien de fois enfant, elle était restée

DE PASSAGE

là à attendre que s'envolent les cloches, qui décrochaient son petit cœur ! Le son puissant de ces géantes frappait violemment son corps tout entier, lui crevant les tympans, s'emparant de toute son âme. C'était époustouflant.

Plus elle avançait, plus elle remontait le temps et son cœur battait si fort qu'il résonnait dans chaque partie de son corps et plusieurs fois elle fut obligée de s'arrêter un instant. Mille fois elle avait imaginé leurs retrouvailles. Elle arriverait à l'improviste, Tounette crierait en la voyant et viendrait l'étouffer en pleurant de joie. Avec son oncle, ils n'auraient pas besoin de se parler, ni même de s'embrasser, un regard et un sourire suffiraient. Mais, maintenant elle n'était plus sûre de rien et l'angoisse l'empêchait de respirer, à chaque pas qu'elle faisait.

Quand elle arriva devant les grilles du presbytère, elle faillit se sentir mal, et dut s'appuyer un moment contre le mur. Lorsqu'elle put enfin pousser le lourd portail en fer forgé, elle ressentit autant d'appréhensions que le jour où elle avait rédigé la lettre justifiant son départ. Tout à coup elle s'arrêta net, entendant le rire cristallin d'une petite fille saillir l'air glacial. Toute sa vie défila en un instant, elle revit la fillette à la robe légère, les fraises, les jeux et les bras tendres de Tounettes. Elle était complètement perdue. Tout se mit à tournoyer autour d'elle, et elle s'écroula.

II

— Mais enfin, pourquoi tu la ramènes à la maison ?
— Je te l'ai déjà dit mille fois, je l'ai trouvée évanouie dans notre jardin.
— Oui, ça je sais. Ce que je ne comprends pas, c'est pourquoi tu ne l'amènes pas à l'hôpital ou au commissariat. On ne sait même pas qui elle est et pourquoi elle se trouvait chez nous. C'est une paumée, une droguée peut-être ! Ou alors une voleuse, qui sait ?
— T'exagères tout.
— Dis plutôt qu'elle te plaît.
— T'es folle ! Tais-toi elle pourrait t'entendre.
— Je m'en moque bien. Débrouille-toi comme tu veux, mais ce midi quand je rentrerai, je veux qu'elle ait débarrassé le plancher.

La porte claqua si fort, qu'elle fit résonner la pièce tout entière et branler les dizaines de bibelots qui encombraient les étagères.

— Oh, ça va ! La paix ! Il se pencha sur le corps inerte. Mamzelle ! Mamzelle !

Quand elle recouvra ses esprits, elle eut un sursaut d'effroi. De gros yeux jaunes inconnus et globuleux écrasaient son visage. Elle ne put s'empêcher de pousser un petit cri, mais il la rassura immédiatement, en lui expliquant qu'elle avait perdu connaissance dans son jardin et qu'il avait pris soin d'elle jusqu'à ce qu'elle aille mieux. Chacun de ces mots était enveloppé d'un halo alcoolisé, exhalant une odeur écœurante de vin rouge bon marché. Cependant, elle était si sidérée par ce qu'elle venait d'entendre qu'elle ne s'en aperçut même pas.

— Votre jardin, dites-vous ?
— Bah, pour sûr.
— Mais ce n'est pas possible, c'est un presbytère ici, le presbytère de mon oncle et…
— Oh là, mamzelle, permettez, la paroisse, elle nous loue cette maison. Y a plus de presbytère, c'est le curé, le père Étienne qu'il s'appelle, qui s'occupe de trois paroisses à la fois maintenant et qui a accepté de nous la louer, vu qu'il y habite pas.
— Mais qu'est devenu le père Anselme et Marthe ?
— Vous voulez dire le curé qu'habitait ici ? Avant nous ?
— Mais parlez !
— Oh là ! Doucement. Je sais pas exactement, mais apparemment y a eu un drame, avec du sang et tout ça, même que personne voulait la louer la baraque. Seulement nous, on vient de Chartres, on n'est pas de la région, alors on s'en foutait, on n'est pas vraiment au courant des affaires du quartier, et on l'connaissait même pas l'curé. Oh, c'est malheureux, pour sûr, mais du coup, on a sauté sur l'occasion et… Mais où elle va la p'tite dame ? Hé ben, ma femme avait raison, j'aurais mieux fait de vous conduire à la police ! Mal apprise ! Au revoir quand même ! Ne m'remerciez pas !

Elle marcha sans savoir où aller, dans le froid et dans la faim, le regard vide, le cœur serré. Son inquiétude était telle qu'elle avait l'impression de devenir folle. Elle se répétait sans cesse son nom, son âge et sa date de naissance comme pour se rassurer sur son état mental. Mon Dieu, qu'avait-il pu se passer ? Tout cela c'était de sa faute. Rien ne serait arrivé, si elle n'était pas partie. Mais où étaient-ils ? Que faisaient-ils ? Un drame, oui, mais ça ne veut rien dire, un drame. Drame signifiait-il toujours mort ? Quelle torture ! Maintenant elle était peut-être seule, toute seule, pensa-t-elle avec effroi.

Et elle se souvint de toutes ces heures passées à observer la ville obscure et ses secrets, à toutes ses nuits, durant lesquelles elle pensait savoir avec certitude ce que l'un et l'autre faisaient. Comme elle était naïve ! La Vie lui avait déjà montré pourtant de quoi elle était capable ! Rien n'était immuable, rien ! Pourtant ça ne lui était jamais venu à l'esprit qu'un jour ou l'autre, il lui faudrait vivre sans eux. Ce n'était tout simplement pas envisageable. Tounette, c'était l'image figée du tablier blanc, de la cuillère en bois et de l'odeur du chocolat chaud. Icône inviolable et éternelle. C'était sans savoir que les certitudes sont plus fragiles que les ailes d'un papillon.

Tout à coup, tous ses muscles se raidirent, et elle pensa qu'aujourd'hui, demain, elle pourrait très bien perdre Ruben : un accident, un chauffard, une maladie incurable… Peut-être même le suicide. Elle pouvait vivre loin de lui, tant qu'elle le savait vivant et en bonne santé, mais s'il venait à mourir, elle ne le supporterait pas. Que devait-elle faire ? Rentrer ? Le rejoindre pour mieux le perdre ? Impossible sans avoir retrouvé la trace de Marthe ni d'Anselme. Mais où les chercher ? À qui s'adresser ? Elle se sentait si fatiguée, si fatiguée.

III

— Oui, bonjour monsieur, je souhaite parler au commissaire.

Derrière le policier, chargé de l'accueil du public, un petit homme consultait un dossier. Il était de dos, mais on pouvait s'apercevoir aisément qu'il cherchait à se donner de l'importance sans en avoir l'envergure. Il flottait dans son costume gris, qui lui dessinait une carrure surdimensionnée, à cause des épaulettes. Il se retourna prestement, offrant l'allure d'un adolescent qui a raté son entrée dans la vie adulte. Malgré tous ses efforts vestimentaires et sa petite quarantaine, il demeurait un garçon maigrelet, sans charisme, empêtré dans sa veste trop large.

— C'est moi-même, avait-il dit d'un ton jovial, espérant créer la surprise.

— Voilà, je suis la seule et unique nièce de M. Erratat, le père Anselme. J'étais à l'étranger ces derniers mois et…

— Attendez ! Le père Anselme, vous dites ? Le curé qui a été assassiné dans son église il y a quelques mois ?

— Pardon ?

— Suivez-moi, je parie même que vous êtes la jeune fille qu'on a cherchée sans relâche pendant dix jours : vous étiez sa seule famille ! Où étiez-vous passée ?

— À l'étranger, je viens de vous le dire, mais…

— Hé ben ! Elle s'est bien trompée, la bonne. Elle n'arrêtait pas de parler de vous, de dire que vous n'étiez pas loin, qu'il fallait vous prévenir, que vous alliez arriver, etc. Ah ! Elle vous attend toujours, je suis sûr. Bref, l'enquête est bouclée, vous savez, et... mais que vous arrive-t-il ? Asseyez-vous mademoiselle, vous êtes toute pâle ! Qu'avez-vous ?

— Dites-moi tout, je vous en prie.

— Pardon, je suis stupéfait d'apprendre que vous n'étiez pas au courant. Quand on n'a plus qu'un oncle, on prend un peu de ses nouvelles de temps en temps, quand même, non ?

Elle le fusilla du regard et il comprit immédiatement qu'il avait tout intérêt à se débarrasser de son air ironique, s'il ne voulait pas de scandale dans son commissariat. Il rajusta sa cravate pour se donner de la constance et dit d'une voix grave, pour paraître important :

— Allons dans mon bureau. Il emprunta un couloir étroit, et Gersende s'engouffra derrière lui.

— Qui vous a prévenu ? lui demanda-t-il, sans se retourner.

Personne ne répondit : Gersende gisait à même le sol, inconsciente et livide.

IV

— Vous êtes sûre que ça va mieux ?
— Oui, oui, merci, ce n'était qu'un étourdissement.
— Je vous dis tout alors ?
— Oui, ne me ménagez pas.

Il ouvrit l'armoire coulissante, laissant apparaître des dizaines de boîtes entassées, sur lesquelles étaient inscrits des noms d'affaires diverses. Elle pensa immédiatement à la leçon de son oncle sur le jugement dernier. Celle qu'il délivrait aux petits chérubins du catéchisme, avant qu'ils ne deviennent des adolescents boutonneux et bornés. « Tu vois, lui avait-il dit alors qu'elle n'était encore qu'une enfant, le jugement dernier c'est comme un immense placard qu'ouvrirait Dieu et dans lequel il y aurait un dossier sur chacun de nous. Le jour venu, il prendrait alors chaque pochette et jugerait en connaissance de cause. Les mauvais dossiers au feu, les bons au paradis. » Le soir venu, elle s'imaginait avec angoisse la présence de son dossier dans le grand placard de Dieu. Un placard immense comme ceux de la cuisine que Marthe ne cessait d'ouvrir et de refermer. Elle tremblait à l'idée de rôtir au cœur des bûchers infernaux, comme un vulgaire poulet, même si au fond ça la rassurait un peu un Dieu qui avait un placard, un Dieu familier et compréhensif ! Parfois, ça la faisait même un peu rire, car elle finissait par l'imaginer avec le tablier de Marthe, une cuiller en bois à la main, ouvrant son grand placard pour trouver les dossiers concernés au milieu des recettes de gâteaux.

Tout cela, c'était bien loin et aujourd'hui c'était un policier agaçant et sarcastique qui tenait dans sa main une liasse de papiers terribles.

Elle mettait toute son énergie à retenir ses larmes, qui débordaient malgré elle et ravinaient son visage. Elle avait honte de pleurer seulement maintenant un homme déjà mort et enterré. Honte que cet homme soit son propre oncle et père adoptif. Honte enfin de n'avoir pas su aimer ni protéger les siens.

— Vous allez bien ? Mademoiselle, ça va ?
— Dites-moi ce qui est arrivé à mon oncle.
— Hé bien, on ne le sait pas, en fait…
— Pardon ? Vous vous fichez de moi ?
— Restez correcte, mademoiselle et laissez-moi parler.

Pauvre type. Elle l'insultait en silence, ce rebut de l'humanité avec ses cheveux gras et sa chemise démodée trop grande pour lui. Elle le méprisait, ce colporteur de mauvaises nouvelles. Cet adolescent défraîchi. Ce pantin désarticulé. *Tu vas le cracher le morceau avant que je t'étrangle, sale cloporte.*

— Je disais donc…
— Votre oncle, Charles Erratat, né à Tours, le…
— Abrégez s'il vous plaît, cria-t-elle soudainement, à bout de nerfs.
— Votre oncle a été retrouvé mort d'un coup de couteau.
— Où ?
— Nous avons découvert son corps dans l'église devant l'autel.
— Qui vous a appelé ?
— La bonne, qui s'inquiétant de ne pas le voir arriver, s'est rendue à l'église.
— Qui ?
— Pardon ?
— Qui est l'auteur de ce crime affreux ?

— Bah, c'est ce que je voulais vous dire tout à l'heure, on n'a jamais su justement. Longtemps, vous avez été notre suspecte principale, sachez-le.

— Moi, mais pourquoi ?

— Bah, c'est clair pourtant, à cause de la dispute, la lettre et puis l'héritage, une coquette somme, votre oncle n'était pas dépensier. En plus, il n'avait pas touché à l'argent reçu à la mort de ses parents. Une coquette somme, vraiment.

— Et vous avez cessé de me soupçonner ?

— Évidemment, vous n'avez pas réclamé votre part d'héritage ! Maintenant bien sûr… Votre retour inattendu, votre arrivée ici…

— Ne vous fatiguez pas, soupçonnez-moi si vous le souhaitez, pendant ce temps-là, je vais chercher le meurtrier de mon oncle. Donnez-moi la nouvelle adresse de Marthe.

— Oh là, doucement, vous n'allez rien chercher du tout. Par contre, vous avez raison, allez voir cette petite bonne femme, ça lui fera plaisir de vous voir. Elle ne cessait de murmurer votre prénom en pleurant quand nous sommes arrivés à l'église, ce soir-là. Attendez, je dois l'avoir là, vous avez de quoi noter ? 9, impasse des Lilas, mais n'allez pas jouer les héroïnes et laissez-nous faire notre métier.

Le claquement sourd et violent de la porte retentit avant qu'il n'ait pu finir sa phrase.

V

C'était une petite maison en pierre grise, que découpait de part et d'autre le bleu frais d'un ciel intense. La façade était égayée par quatre fenêtres desquelles s'écroulaient des géraniums multicolores. Pompons rouges, roses et jaunes : vision impressionniste. La petite demeure était encerclée d'un peu de verdure, tachetée de pensées sauvages et d'asters fuchsia disséminés çà et là. Elle se mit à inspirer le plus d'air possible, comme on le fait dans ces cas-là pour se donner du courage, mais au moment où elle s'avança vers la porte, une fragrance familière l'arrêta dans son élan. Un parfum de rose et de tilleul flottait dans l'air. Tout lui revint au cœur. Le ressac du souvenir et son relent d'amertume. Chaque matin, après sa toilette, Marthe déposait dans le creux de sa main quelques gouttes d'eau de rose et se frictionnait énergiquement la gorge et les bras. C'est la seule coquetterie qu'elle avait conservée de sa jeunesse. Elle exhalait ainsi cette fragrance douce et rassurante, qui la définissait si bien. Le tilleul, c'est autre chose, une autre habitude. Le tilleul, c'est l'odeur de la tranquillité, du repos, de la douceur de l'air et du coucher de soleil. Les soirs d'été, durant ces quelques heures bénites où le temps humain s'arrête pour laisser place à l'immuable spectacle de la nature, elle aimait à prendre sa tisane sous le grand tilleul du jardin, se reposant de sa journée et de la chaleur harassante qui l'avait fait souffrir dès le matin. Je venais alors me blottir tout contre ses seins lourds, ses seins maternels, gorgés d'amour, qui souffraient de n'avoir jamais connu le contact d'un nouveau-né. La vie avait réuni ces deux êtres, après les avoir meurtris. C'est dans le désespoir et la douleur que ces deux destinées s'étaient croisées, pour se lier à jamais… La rose et le tilleul. L'extraordinaire subtilité de la mémoire olfactive.

Les rideaux d'une blancheur impeccable révélaient le caractère irréprochable de la maîtresse de maison. Impensable de se dire que Marthe vivait là, respirait, déambulait, existait derrière ces murs inconnus. Non, Non, impossible, Tounette, c'était le presbytère, la nappe en coton bleu, la tommette cuivrée, les poutres en chêne, les murs peints à la chaux et la porte du grand placard mural qui grinçait. Inimaginable qu'elle pût vivre dans un univers autre que celui qu'elle lui avait toujours connu. La cuisine de Marthe, c'était son odeur, son identité ; c'était surtout son enfance et ses certitudes à elle. Quand elle frappa à la porte, son cœur battait si fort qu'elle faillit se sentir mal à nouveau. Quand elle entendit des pas et le bruit de la clef dans la porte, elle se redressa, inspira encore une fois profondément, accrocha un large sourire et se tint prête. Cette fraction de seconde lui parut une éternité. Tout à coup la porte s'ouvrit et elle vit apparaître un grand bonhomme ventripotent d'une soixantaine d'années, souriant et affable. Elle perdit subitement toute contenance : elle se tassa sur elle-même, manqua d'air et décrocha ce sourire qui n'était plus de circonstance. Pouvait-elle s'être trompée d'adresse ? L'avait-on mal renseignée au commissariat ?

— Oui, c'est pourquoi ?
— Euh… Non, rien, excusez-moi, c'est une erreur.
— Ah, eh bien, au revoir mad…
— Qui est-ce, chéri ?

Elle leva brusquement la tête lorsqu'elle entendit cette petite voix guillerette si familière et vit apparaître dans l'encoignure de la porte Marthe. Sa Marthe. La petite bonne femme jeta un cri et s'affaissa, avant de fondre en larmes.

— Oh, ma chérie, mon ange, mon bébé, où étais-tu, pourquoi es-tu partie, tu m'as tellement manqué.

— Apparemment non.

Elle avait prononcé ces mots durs avec une froideur qu'elle regretta aussitôt. Elle était bouleversée de revoir Tounette et de la trouver si émue, mais elle l'était plus encore de voir cet étranger auprès de sa mère de substitution. Elle s'en voulait de réagir ainsi, d'avoir cette réaction puérile, mais elle ne parvenait pas à se raisonner. Tout s'effondrait autour d'elle, plus de mère, plus d'amies, plus d'oncle, plus d'amour et maintenant plus de Marthe. Elle la sainte, la douce, l'asexuée avait un *chéri*. Non ! Marthe c'était la tarte aux pommes à la cannelle, l'odeur de la Rose le matin, la chaleur, la douceur et le réconfort. Elle sentait monter en elle un sentiment de révolte. Rien décidément ne durait. Aucune certitude, aucune stabilité, la mouvance éternelle, la déception sans cesse renouvelée. Et puis la solitude.

Marthe ignora cette remarque, mais elle comprit immédiatement.

— Entre, ma chérie, nous avons énormément de choses à nous raconter.

— Je vais vous laisser vous retrouver toutes les deux, ma douce. Je vais faire un petit tour d'une demi-heure. Je t'aime. Il déposa un baiser furtif sur les lèvres de Marthe, ce qui dégoûta Gersende.

La porte se referma, les rejetant dans le silence étouffant de cette chaude journée d'été. Alors un flot d'émotions intenses la submergea et elle se jeta dans ses bras, pour pleurer encore et encore. Elle déversa tout son chagrin dans cette petite bonne femme, en lui demandant pardon d'être partie, pardon de ne pas avoir été là, pardon de tout et pour tout. Marthe l'enserra comme quand elle était enfant, tout en lui caressant les cheveux, puis elle l'emmena dans le salon. Blottie l'une contre l'autre sur le divan, elle sécha ses larmes.

— Où est ton amoureux, ma chérie ?
— Comment tu sais qu'il y avait quelqu'un ?
— Je suis une femme, Gersende, et je te connais. Bref, il t'a laissé tomber, hein ? Un salaud, n'est-ce pas ? Oh excuse-moi, tu me connais je ne dis pas de familiarité, mais là…
— Non, Marthe, c'est moi.
— Non, non, non, on croit toujours que c'est notre faute à nous les femmes, mais ne pense pas cela, oh non…
— C'est moi qui suis partie et qui l'ai lâchement abandonné.
— Que t'avait-il fait ? Il t'avait trompé, n'est-ce pas ? Sinon, pourquoi ? Il ne te battait pas quand même ? Oh, le salaud…
— Non, non, Tounette, je suis partie parce que je l'aime trop, tu sais, parce qu'il est un homme parfait et parce que dans la vie rien ne dure. Tu vois, moi, je ne veux pas que cet amour finisse, alors je m'en vais pour le rendre éternel. J'ai déjà perdu maman et lui, tu comprends, j'étais en train de le perdre aussi. Je suis partie pour conserver son amour.
— Et maintenant vous souffrez tous les deux.
— Tu crois que je suis folle, hein ?
— Je crois surtout que tu es jeune et que tu ignores encore tout de la vie, ma chérie.
— Ne crois pas cela, je suis déjà si vieille dans ma tête.
— Mon cœur, la passion ne dure pour personne éternellement. L'amour change, mais il n'en devient pas moins fort. Il est différent, c'est tout. Tu gagnes le bonheur d'être aimée au quotidien. Tu jouis de rentrer chez toi en sachant que quelqu'un t'attend. Tu as une épaule sur qui pleurer, un bras sur qui te reposer, une oreille prête à t'écouter. Je ne savais pas toutes ces choses avant. Maintenant, je les connais.
— Que c'est triste, Tounette.

— Non, mon cœur, c'est la vie, c'est comme ça pour tout le monde. En voulant le garder pour toujours, tu le quittes. Et quel est l'intérêt ? Vous souffrez chacun séparément, vous pleurez chacun de votre côté. Jamais je n'aurais dû te laisser t'abreuver de ces romans à l'eau de rose. Ce n'est pas ça la réalité !

— Mais pourquoi ? La vie, c'est le monotone, le familier, la fadeur, alors ? Je ne veux pas vieillir comme tous ces gens mariés qui ne se regardent plus et qui vont se coucher à vingt et une heures pour mieux rêver d'adultère, de moiteur et de sable brûlant. Tu te souviens des Michard ? Les voisins ?

— Mariés depuis vingt-sept ans.

— Pour le pire ! Quand il s'adressait la parole, ce qui était très rare, car ils avaient épuisé tous les sujets, c'était pour se disputer. Ils n'avaient même plus la force de chercher quelques insultes à s'échanger, ils beuglaient simplement chacun de leur côté.

— Peu de temps après que tu sois partie, il lui a préparé une surprise. Il a invité toute leur famille et quelques amis pour son anniversaire. Il s'était occupé de tout à son insu.

— Elle t'a paru heureuse ?

— Elle m'en a parlé pendant des mois.

— Et toi ?

— Moi, quoi ?

— Tu lui as parlé de cet homme qui m'a ouvert la porte ?

— Tu m'en veux, n'est-ce pas ?

— Non, rien ne dure... rien ne dure éternellement. J'ai compris. Je suis si fatiguée, tu m'as manqué, il me manque et mon oncle, oh quelle horreur ! Je suis toute seule, Tounette, toute seule ! Toute seule ! Raconte-moi.

— Je suis là, je serai toujours là pour toi, ma toute petite fille.

Gersende se blottit à nouveau dans les bras charnus et douillets de cette mère de substitution.

— Vas-y, je suis prête. Raconte-moi. Dis-moi tout.

— Ma chérie, il était déjà vingt et une heures trente à l'horloge de la cuisine. Tu sais que ton oncle était très ponctuel. Pendant des années, tous les soirs, je lui ai servi son dîner à vingt heures précises. J'étais très inquiète, mais je savais que le vendredi soir, il se rendait au foyer Sainte-Anne pour apporter son soutien aux sans-abri. Il aidait à servir le repas et bénissait le dîner en écoutant ceux qui souhaitaient discuter avec un homme d'Église. À vingt-deux heures, ne tenant plus, je suis sortie en direction du foyer, mais j'ai remarqué que les portes de l'Église étaient ouvertes et qu'il y avait de la lumière à l'intérieur. Le reste, je ne peux te le décrire, c'était tellement horrible ! J'en ai fait des cauchemars pendant des mois, il était là, gisant dans son sang, un couteau planté dans la poitrine.

— Mais qui et pourquoi ? Tu sais quelque chose ?

— Je me suis posé ces deux questions des nuits entières, ma chérie, mais quand je suis arrivée, l'église était déserte et la police n'a trouvé aucun indice sur place.

— Je vais retrouver celui qui a fait ça, je te le jure et je vais lui faire payer.

— Ne dis pas cela, tu me fais peur. Rien ne fera plus revenir ton oncle, pense à ton avenir maintenant. Si tu veux faire quelque chose pour lui, sois heureuse, c'est tout ce qu'il aurait souhaité.

— Tu sais bien que c'est faux.

— Gersende !

— Anselme aurait aimé me voir mener une vie de nonne, pleine d'abnégations et de pruderies. Ne crois pas que je le critique, je dis la vérité, c'est tout, je déteste l'hypocrisie, tu le sais. Inutile de mentir ou de l'encenser, sous prétexte qu'il est décédé. Il avait ses qualités et ses défauts, comme tout homme, et c'est pour ça que nous l'aimions, c'est pour ça qu'il faut que je retrouve celui qui a fait ça.

— Tu n'as pas changé.

— Dis-moi maintenant qui est cet homme qui vit à tes côtés.

— Après l'enterrement, je me suis retrouvée sans emploi et sans toit : il a fallu quitter le presbytère. Je me suis alors adressée au diocèse, qui m'a proposé une place au sein de l'association qui s'occupe des enfants malades. C'est là que j'ai rencontré Patrice : il y travaille. Très vite, nous sommes tombés amoureux et j'ai quitté la petite chambre louée par la paroisse pour venir vivre avec lui. Je sais que tout ceci est très soudain, mais il est l'homme que j'aurais dû rencontrer à vingt ans et je n'ai plus de temps à perdre.
— Tu es heureuse ?
— Très.
— c'est tout ce qui compte.
— Mais toi, tu es déçue, n'est-ce pas ?
— Je suis triste qu'une page de ma vie se tourne, mais je suis sincèrement heureuse que tu aies trouvé le bonheur.
— et l'amour, surtout l'amour, ma chérie, il n'y a que l'amour qui compte, rien d'autre. J'étais morte avant que tu n'arrives dans ma vie, petit animal chétif et apeuré, et du moment où je t'ai aimé, les plus infimes parties de mon corps ont ressuscité une à une. Avec Patrice, c'est la même chose, l'amour m'a ramenée à la vie, au moment même où je me sentais profondément seule.
— Je te demande pardon, plus jamais, je ne partirai ainsi.
— C'est tout ce que je te demande. Ah, non, une chose encore, en attendant que je te convainque d'aller rejoindre ton bel amant, qui est en train de se morfondre, reste chez nous, je t'en prie.
— Non, je ne crois pas que…
— Tu me dois bien ça.
— D'accord.
— En plus, je te trouve très blanche et fatiguée, je vais m'occuper de toi.
— C'est vrai que je ne me sens pas très bien en ce moment. J'ai même eu plusieurs étourdissements, ces derniers temps.
— Demain, j'appelle un médecin et tu n'as rien à dire.

VI

— Eh bien oui, mademoiselle, c'est bien ce que je pensais.
— Oui, je sais, je suis très contrariée par le décès de mon oncle. Je dors mal, mange peu, et puis…
— Pas du tout, mademoiselle, vous êtes enceinte.

Il avait prononcé cette phrase sur un ton dédaigneux et hautain, constatant l'absence d'alliance et la grande solitude dans laquelle se trouvait cette fille, une putain ou une traînée sans doute, avait-il pensé. Mais Gersende n'y avait pas prêté attention. Son esprit s'était arrêté à ce mot « enceinte ». Elle se le répétait encore et encore, pour en prendre conscience, pour que ce mot, qui ne correspondait encore à rien dans son esprit, prenne vie et se charge d'un sens intime, autre que celui du dictionnaire. Était-elle heureuse ? Aussi terrible que cela lui parut, oui, elle était formidablement heureuse. L'esprit humain a des ressources insoupçonnées. C'est au moment où tout s'écroule qu'on ressent la rage de vivre. Du désespoir le plus profond, surgissait la vie, de manière inattendue et fulgurante, balayant d'un trait la noirceur étouffante.

La renaissance de l'espoir, la seule chose qui fasse avancer l'Homme. Certains ne vivent que pour l'avenir, d'autres au contraire s'enlisent dans le passé, sans que jamais personne n'envisage réellement son présent. Quoi qu'il en soit, elle se sentait formidablement bien et ça ne lui était pas arrivé depuis longtemps. Elle se souvint alors de la dernière phrase de Rosalie, dans *Une Vie*, et elle comprit toute la vérité de cette déclaration.

VII

Je ne serai plus jamais seule maintenant, je vais être responsable d'un tout petit être à qui je donnerai tout mon amour. Il est là sous mon nombril, à l'intérieur de moi-même, c'est fou ! Plus rien n'aura désormais d'importance, car je vais être mère comme toi ma chère maman. Je voudrais tellement croire que tu es là, tout près de moi, que tu m'entends et que tu partages mon bonheur. Dès que mon petit ange sera né, nous irons te voir au cimetière afin de t'apporter des pivoines, ce sera alors normalement la saison, et tu verras comme il sera beau. J'essaierai d'être une aussi bonne mère que toi et je le chérirai comme tu m'as chérie… Et toi, mon amour, si tu savais ! Nous allons avoir un bébé ! L'entrelacs de nos chairs confondues ! Notre plus belle œuvre d'amour ! Je crois que je ne t'ai jamais autant aimé. Si seulement je pouvais avoir la certitude que tu penses à moi, là, maintenant, mon bonheur serait complet. Avec un enfant, notre vie sera différente, je ne peux te cacher un si lourd et si beau secret, ni te voler ce qui t'appartient. Tu me pardonnerais ma fuite, pas le mensonge. Et puis, je ne veux pas que mon petit ange n'ait pas de père et qu'il soit une moitié d'orphelin, comme moi. Quand les formalités concernant l'héritage seront terminées, je rentrerai à Paris et j'irai t'embrasser jusqu'à t'étouffer avec mon ventre que j'espère d'ici là grossi et tendu. Je t'en fais la promesse, mon amour, je te jure que je protégerai notre trésor du mieux que je pourrais : ne pas trop bouger, combattre l'angoisse, avoir une alimentation saine et équilibrée, lui parler très souvent et l'aimer déjà : tout pour que notre enfant soit le plus beau du monde.

VIII

Elle s'épanouissait de jour en jour en même temps que grandissait cet enfant qu'elle portait en elle et qu'elle chérissait déjà. Deux mois avaient passé dans un état hybride qui tenait tout à la fois de la plénitude totale et de l'excitation constante. Enfin, les différentes démarches administratives touchaient à leur fin et Noël approchait. Marthe et Patrice étaient partis quelques jours en Bretagne dans sa famille à lui. Une de ses tantes était sur le point de mourir et il avait tenu à l'embrasser une dernière fois. Il avait fallu gronder Tounette pour qu'elle accepte de partir loin d'elle.

Une nuit, une sensation humide et désagréable la réveilla. En allumant mécaniquement la lumière, encore à moitié endormie, elle découvrit avec horreur les draps rougis et son pyjama tout ensanglanté. Paniquée, elle se rendit à l'hôpital le plus proche en taxi. Jamais elle ne pourrait oublier ce voyage au bout de la nuit, ce voyage au bout de l'enfer. Lorsqu'elle arriva échevelée et le visage défait, on la pria de se calmer, de remplir le formulaire vert et de patienter dans la salle d'attente. Ces invectives prononcées sur un ton monocorde, dénuées de toute compassion l'avaient comme assommée. Elle se tut et se plia au règlement, en remplissant cette feuille, avec une résignation hébétée. Tellement dérisoire, irréel même, ce travail d'écriture au moment même où sa vie s'effondrait. Puis il y eut l'attente interminable et le terrible regard des gens, leur curiosité malsaine. Ils reniflaient l'odeur du désespoir. Le malheur des autres, ça rassure.

Durant cette attente interminable, pour la première fois en quatre ans, elle se mit à prier Dieu de toutes ses forces et de toute son âme, implorant sa miséricorde. Elle le supplia de sauver son enfant.
— Mademoiselle Osswald !
— Oui !
Dans la précipitation elle oublia de remettre son long manteau qui cachait l'objet du délit : le pyjama ensanglanté qu'elle n'avait pas pris le temps d'enlever. Tous les visages avides se tournèrent alors vers elle, et esquissèrent ensemble une moue de dégoût. Elle était bannie, pestiférée. Une sorcière qui attisait le malheur, une damnée dont le châtiment était de ne jamais connaître le bonheur. C'est en courant, la tête baissée qu'elle s'engouffra dans le long couloir jaunâtre pour rejoindre le médecin qui se trouvait déjà loin devant elle et pour échapper à tous ces regards qui la mortifiaient.

Après l'auscultation purement médicale et sans aucune psychologie, le gynécologue de garde, mécontent d'avoir été dérangé en pleine nuit, lança son verdict.
— Vous avez un hématome très important dans l'utérus qui menace de décoller le placenta, ce qui est en train de provoquer une fausse couche.
— Qu'est-ce que vous dites ? Mais mon bébé, mon bébé, est-il en vie ?
— Oui, pour l'instant, son cœur bat. Il va bien, mais vous devez être immédiatement hospitalisée. Une infirmière va vous prendre en charge. Au revoir, mademoiselle.
— Mais attendez, y a-t-il une chance que je garde cet enfant ? Et qu'est-ce qui a provoqué cela ? Ai-je fait quelque chose qu'il ne fallait pas faire ? Mais est-ce vraiment grave ? Et…
Elle s'arrêta, prenant conscience qu'il n'y avait déjà plus personne dans la pièce.

IX

La perfusion posée et l'interdiction de bouger formulée, la lourde porte de la chambre se referma sur un silence de plomb, la rejetant face à son destin. Abasourdie, elle resta là, écrasée, abêtie. Quand au bout d'une heure ou deux, sa conscience lui revint, elle pleura de tout son être, jusqu'à ne plus pouvoir respirer, vomissant ce Dieu injuste et haïssant la vie. Et puis, elle cessa de pleurer, et ce fut encore pire, car le remords et la culpabilité vinrent cisailler son cœur. On lui avait interdit de s'agiter et elle craignait que cette crise de larmes n'eût entraîné des complications. Une petite voix assassine résonnait en elle et la harcelait jusqu'à devenir folle : « Vois-tu dans quel état tu t'es mise ? As-tu pensé au bébé ? S'il meurt, ce sera de ta faute… Peut-être est-il déjà mort, là, au fond de ton ventre. Tu pleures, tu cries alors qu'on t'a dit de ne pas bouger. S'il arrive un drame, tu seras la seule responsable… » Pétrifiée, elle demanda pardon à son bébé, son tout petit bébé, et durant des heures, elle caressa inlassablement son ventre, du bout des doigts, se retenant de tout, même d'uriner.

Le lendemain, ensevelie sous les draps, elle attendit la visite du médecin, regardant s'écouler les heures. Elle scrutait le rai de lumière, qui filtrait sous sa porte, donnant sur le couloir. Le couloir… cet endroit dont l'accès lui était interdit et qui résonnait sans cesse de cris d'enfants, de pas inconnus, d'infirmières pressées, de chariots crissant sur le sol plastifié. Lorsqu'on lui amena son dîner, elle comprit avec désespoir qu'il ne viendrait plus. Incarcérée dans sa chambre saumon, elle contempla la nuit tomber sur la ville agitée de mille feux. Ces citadins pressés, pensaient-ils à eux, les souffreteux, les abandonnés ? Bien sûr que non. De son lit, elle pouvait apercevoir la file interminable des voitures : les embouteillages de Noël. Les derniers achats, l'euphorie des préparatifs… La joie des autres. Elle sentit son cœur se serrer, elle qui aimait tant la magie de ces fêtes de fin d'année, elle se trouvait là, à vingt-deux ans, dans une solitude affreuse…

Alors ses pensées la ramenèrent encore une fois à Jeanne Hébuterne. Quand on est prisonnier de son propre corps, les journées sont longues et l'esprit en profite pour s'enfuir et échapper à tout contrôle. Gamberger, calculer, élaborer, méditer, analyser jusqu'à faire éclater son crâne sous pression. Elle ne cessait de penser à l'histoire tragique de cette femme qui, le jour où elle allait donner la vie, s'était donné la mort par amour. Le destin de cette passionnée, enceinte de neuf mois, qui choisit de ne pas survivre à son Modi chéri, l'avait toujours fascinée. C'était une histoire dramatique qui l'avait bouleversée. La violence et l'horreur du geste, le crime de l'enfant encore enfoui au plus profond d'elle-même, l'autodestruction, la chute horrible, la folie d'amour… Un amour héroïque digne des grandes tragédies ! La réalité faisant mieux que la fiction ! Un amour puissant et entier qui, à l'époque, l'avait bouleversée, occupant son esprit pendant plusieurs semaines. Un amour qui l'avait fait fantasmer au plus profond de son lit d'adolescente… Mais, depuis qu'elle était rentrée à la clinique, bien des choses en elle s'étaient brisées, à commencer par Jeanne Hébuterne. Elle s'en voulait d'avoir idolâtré cette femme qui avait sacrifié son enfant pour un alcoolique invétéré, un fumeur d'opium, un séducteur italien, frivole et instable. Elle savait, elle, qu'à seulement trois mois de grossesse, elle aurait pu tuer pour sauver cette petite boule au fond de son ventre. Elle n'était donc pas devenue une de ces héroïnes égoïstes et effrayantes, consumées d'amour, auxquelles elle avait tant rêvé. Elle était une jeune femme déjà brisée par la vie, qui n'avait plus de famille et qui ne parvenait pas à en construire une. Son combat héroïque et désespéré à elle, c'était juste essayer d'avoir une vie normale. Le bonheur est la grande gageure de l'existence. La vie continuait donc son travail de sape insidieusement mais cauteleusement. Quelle que soit l'issue maintenant, Noël demeurerait irrémédiablement entaché par ce souvenir maudit. Que c'est triste pour elle qui aimait tant ces fêtes de fin d'année… *Avec maman, je me souviens, nous fabriquions des boules de papier mâché que nous peignions ensuite. Les miennes au bout du compte arboraient toujours des formes bizarres, mais maman m'encourageait à recommencer. Vexée, je retentais l'expérience, encore et encore, en vain. Comme nous avons pu rire de mes chefs-d'œuvre, dignes de l'art contemporain. Le jour de l'achat du sapin était aussi toujours une fête. L'attente de la date fatidique était à la fois insoutenable et merveilleuse. Nous avons passé des réveillons formidables, même mon père semblait aimant et attentionné ce soir-là. Ensuite, il y eut Marthe et l'oncle Anselme, c'était différent bien sûr, mais tout aussi excitant et joyeux. Je regardais Marthe préparer la farce aux marrons pour la dinde. Nous préparions la bûche ensemble en chantant* Mon beau sapin *ou* Minuit, chrétiens. *Mon oncle était aussi ce soir-là d'une gaieté exceptionnelle, et nous allions tous nous coucher, après la messe de minuit, dans une excitation non avouée, mais palpable. Le lendemain, je mettais un temps infini à ouvrir mes cadeaux qui gisaient au pied du sapin illuminé. Marthe, impatiente, m'incitait à arracher les paquets. Elle ne comprenait pas la peur qui était la mienne de mettre fin à la magie et d'être confrontée au grand vide qui nous envahit lorsque quelque chose que l'on a longtemps désiré s'achève… Cette année, il n'y aura pour moi ni sapin, ni dinde, ni cadeaux, tout juste un blanc de poulet sous vide et une barquette de crème aux marrons apportés par les infirmières pressées de rentrer réveillonner chez elles. Au lieu de vivre les plus belles fêtes de ma vie, aux côtés du père de mon enfant, je passerai Noël, seule, à l'hôpital, avec un embryon en sursis.*

X

— Bonjour mademoiselle Osswald, vous allez bien ? Nous allons vous descendre pour l'échographie.
— J'ai encore saigné ce matin.
— Ah, nous allons voir cela.

Les couloirs interminables et les visages inconnus. Les odeurs d'alcool et de soupe. L'infirmière qui lui parle, mais qu'elle n'entend pas. L'angoisse. La terreur.

— Alors ?
— L'hématome est toujours là.
— Mais le bébé ?
— Pour l'instant je ne vois rien. Restez tranquille.

Elle mit toute son énergie à retenir ses larmes qui embuaient son regard et attendit à moitié morte.

— Ah, si, ça y est ! J'entends le cœur, le fœtus s'est déplacé et est venu se loger tout à droite, voilà pourquoi je ne le trouvais pas.
— Oh, merci, merci mon Dieu, merci docteur. Elle éclata en sanglots.
— Doucement, rien n'est gagné, mais nous sommes sur la bonne voie. Je vous garde encore à la clinique cette nuit.
— Vous allez me le sauver mon bébé, n'est-ce pas ?
— Je vais tout faire pour cela.
— Oui, mais il y a plus de chance qu'il survive, n'est-ce pas ? Ça va aller ?
— Je ne peux vous répondre, mais aujourd'hui, c'est une bonne nouvelle.

La vie était magnifique. Elle remercia Dieu avec ferveur et chassa toutes ses idées noires. Elle se mit à avoir faim, alors qu'elle avait perdu l'appétit. Elle appela Marthe pour la première fois depuis son départ afin de lui expliquer et de la rassurer en même temps. Elle lui dit qu'en sortant, elle appellerait Ruben et qu'ils passeraient Noël tous ensemble. Elle occupa sa soirée à élaborer le menu du réveillon et à faire la liste des cadeaux. Elle imagina surtout ses retrouvailles avec le futur papa, non sans une légère appréhension. Sa tête était en ébullition, mais son corps immobile : elle avait mis sous globe son bonheur inattendu et le protégeait avec la plus grande ferveur.

Le lendemain, elle reprit le chemin de l'échographie. Elle ne reconnut ni les couloirs, ni les odeurs, ni les lieux traversés : tout lui paraissait plus gai, plus accueillant.

— Avant de vous laisser partir, je préfère faire une échographie de contrôle. D'accord ?

— D'accord.

Cela fait cinq longues minutes qu'il fouille à l'intérieur d'elle-même, sans prononcer une parole. Elle n'ose pas ouvrir la bouche, paralysée par la peur. Il n'a suffi que d'un regard pour qu'elle comprenne, qu'une fraction de seconde pour que le monde s'écroule. L'envie de vivre vous quitte, et le sentiment d'injustice vous consume tout entier. L'envie de hurler, puis de disparaître. Les pleurs et les cris, puis le mutisme et l'absence.

Lorsque Marthe arriva à la clinique, c'est une femme brisée et désossée qu'elle serra dans ses bras. Les phrases de réconfort ne parvenaient pas jusqu'à elle. Elle n'entendait rien, ne voyait rien. Vidée, incapable de bouger ni de parler, elle se souvint seulement qu'on la glissa dans une voiture sentant le cuir et le tabac. L'écœurement provoqué par cette odeur. Puis la petite maison, la chambre rose et surtout le papier peint à motifs dupliqués. Ces motifs, reproduits à l'infini, jusqu'à en avoir la nausée. Elle les scrutait pendant des heures et des heures sans sourciller, sans penser. Elle ne s'alimentait plus. Elle végétait au fond de son lit, le jour comme la nuit. Dormir ou mieux encore… mourir. Mourir, pour ne plus affronter la vie. Mourir, pour ne plus penser. Mourir, pour ne plus être. Et enfin, mourir de ne pas mourir.

XI

La veille de Noël, Marthe s'assit sur le lit, tout près d'elle et se mit à pleurer.

— Mon amour, je t'en supplie, je me sens totalement impuissante. Vis, ma chérie, vis, si tu m'aimes un peu, vis. Je souffre tellement de te voir ainsi. Ta peine est immense, ne la porte pas toute seule, laisse-moi t'aider. J'ai connu moi aussi le désespoir et le vertige du gouffre, et crois-moi, mieux vaut la vie. Aujourd'hui, tu ne vois plus ni espoir, ni lumière, mais dans quelques mois, tu apprécieras à nouveau la douceur du soleil le matin, le calme des soirs d'été, la douceur des nuits chaudes. Tu retrouveras l'envie de vivre petit à petit, avec précaution. Accepte la convalescence de l'esprit. Laisse-toi porter par ton destin en l'acceptant et tourne-toi vers l'avenir. Tu es jeune, mon amour, des enfants, tu en auras, fais-moi confiance. Demain, c'est Noël, nous nous sommes ruinés pour toi et cela fait trois jours que je cuisine dans l'espoir que tu te lèves. Fais-nous le cadeau de descendre au salon pour le réveillon.

— Je ne peux pas.

— Tu t'enfermes dans ta souffrance, tu t'interdis tout.

— Je n'ai pas droit au bonheur, le destin s'acharne, tu comprends ?

— Combats-le, redeviens cette jeune rebelle. Révolte-toi contre ce destin qui t'accable. Rentre de force dans la vie, arrache ta part de bonheur. Je t'aime tant, je n'ai que toi.

— Non, tu as Patrice maintenant.

— Mais c'est différent. Toi, tu es ma fille, mon enfant, une partie de moi-même. Tu serais la chair de ma chair que je ne t'en aimerais pas plus. Je te choque de te parler ainsi comme une mère ?

— Non, maman t'aurait choisie comme mère de substitution. Tu n'en comprends que mieux ma douleur aujourd'hui.

— Bien plus que tu ne le crois…

— Tu parles comme si tu avais connu ça.

— J'ai perdu un enfant, il y a bien longtemps, je ne veux pas en parler, je ne veux pas te perdre aussi. Je suis bouleversée, et j'ai peur.

— Peur de quoi ?

— De ce que tu pourrais faire, de ce que tu ne te relèves pas, de ce que tu sombres dans la déprime, de ce que… Les larmes l'empêchèrent de poursuivre et elle resta là prostrée au bord du lit.

Elle ressentit la souffrance et l'angoisse de Marthe et cela la mortifia. En voyant le visage suppliant de cette femme, ses yeux lourds, gorgés de larmes, elle comprit qu'elle allait devoir vivre, continuer à avancer. Elle subirait donc son destin. Vidée de tout espoir, elle avancerait pour Marthe, qui avait déjà assez souffert. Elle ne lâcherait donc pas prise, elle allait revenir dans la vie en force, sans conviction, sans espoir. La mort dans l'âme, elle marcherait désormais dans le brouillard sur le chemin du quotidien morne et boueux. À force de la piétiner, la vie était parvenue à l'anéantir. Son dynamisme, son enthousiasme, son caractère fantasque et son amour goulu pour les choses simples de la vie, tout cela, c'était bien fini. Disparue à jamais cette Gersende qui aimait tant le bruit des vagues, le parfum de la terre après la pluie, la mousse au chocolat de Tounette et l'odeur des draps fraîchement lavés, propices à la rêverie… Elle ne serait plus jamais la même. Elle était une morte, qui allait vivre.

DE PASSAGE

— Je viendrai Tounette, mais arrête de pleurer.
— Tu m'aideras à découper la dinde, comme avant ?
Avec cette question, elle parvint à lui faire esquisser un sourire.
— Promis. Je t'aime.
— Ça va aller, je te jure que ça va aller, mon trésor.

Bizarrement, ce réveillon lui fit du bien. L'énergie que le jeune couple d'amoureux dégagea, soucieux de rendre cette soirée parfaite, pansa quelque peu ses blessures. Tout fut parfait, elle se surprit même à rire deux ou trois fois. La vie reprenait ses droits insidieusement.

XII

Des mois passèrent durant lesquels elle apprit à dompter sa douleur, en la gardant dans un petit recoin de son cœur. Elle apprivoisa sa souffrance. Sans conviction, elle s'obligea à reprendre une activité et proposa ses services à l'association. Elle donnait quelques cours aux enfants malades déscolarisés. La rémunération était très faible, mais son oncle lui avait laissé un héritage confortable, qu'il tenait lui-même de ses parents, riches commerçants. En outre, elle vivait encore chez Marthe et Patrice et n'avait donc que peu de frais.

Un soir, alors que Patrice n'était pas encore rentré de l'association, elles se retrouvèrent toutes les deux dans une intimité propice à aborder des sujets intimes ou fâcheux.

Marthe se décida.

— Ma chérie, va retrouver Ruben, il n'est peut-être pas trop tard. Reprends ton projet là où tu l'as laissé en décembre.

— Tu sais que c'est trop tard, c'est impossible.

— Pourquoi ?

— Tout est gâché. J'avais imaginé revenir vers lui gonflée d'amour et de bonheur. J'ai vécu en rêve mille fois nos retrouvailles. Aujourd'hui, je suis vidée de tout espoir. Je suis sèche et laide. Je me déteste, comment aimer quelqu'un d'autre ? Qu'ai-je à lui apporter ? Je le rendrai malheureux, encore, et il ne mérite pas ça.

— Tu veux tout contrôler. Laisse faire le destin et le temps. Et puis, tu es magnifique. Tu te trouves laide, car la petite lueur de vie et de joie qui illuminait ton visage a disparu. Retrouve l'étincelle qui faisait briller tes yeux malicieux et va le rejoindre. Peut-être t'aime-t-il encore. Saisis cet espoir.

— Les retrouvailles merveilleuses et inespérées, l'amant éploré qui attend toute sa vie le retour de sa belle, l'amour qui répare tout… ça n'existe pas, crois-moi. Je l'ai compris. Marthe, c'est trop tard, tout est trop tard. Je vais partir et…

— Non ! Pourquoi ?

— Je ne peux rester indéfiniment à votre charge comme une vieille fille encombrante et trouble-fête. Patrice doit avoir d'autres projets pour vous deux que de faire le boute-en-train pour faire sourire le boulet que je suis.

— Tu dis n'importe quoi. Avoue plutôt que l'oiseau preste et vif, en mal de liberté, ressent à nouveau ce besoin de déployer ses ailes.

— Pas cette fois, Marthe. Je suis fatiguée de courir après des rêves qui n'existent pas, des chimères qui s'évanouissent dès qu'on croit les serrer. Je suis brisée. Non, je veux juste débuter une petite vie tranquille sans espoir pour ne plus avoir de déception. Je m'en vais parce qu'il le faut et parce que toi aussi tu as droit au bonheur et ce bonheur-là, je n'en fais pas partie.

— Mais…

— Ne dis rien. Et je t'ai promis que je ne partirai plus jamais sans donner de nouvelles. Une promesse est une promesse, je la tiendrai.

— Je vais te perdre pour la seconde fois… tu pars encore… Quand ?

— Dès que j'aurai reçu une réponse d'un des vingt établissements privés auprès desquels j'ai sollicité un poste d'enseignante.

— Où se trouvent-ils ces établissements ?

— Un peu partout en France. Je laisse le destin choisir à ma place. Et puis, je vais voyager. Beaucoup. Je vais réaliser au moins ce rêve.

— Alors tu n'iras pas le revoir.

— Non, c'est fini, Marthe, je te l'ai dit et je ne veux plus en parler. J'ai encore trop mal, tu comprends.

Septième partie

I

Depuis la rupture avec Ruben et cette nuit atroce passée dans le train, elle n'avait pas remis les pieds dans une gare. Cette fois-ci, les conditions étaient différentes. Elle avait pris le train très tôt, ce matin-là. Le carreau entrouvert laissait filtrer une odeur légère et agréable, semblable à celle de l'herbe coupée après l'orage.

Étretat. Ce mot résonnait encore en elle, sans parvenir à l'associer à une quelconque image. Elle avait été incapable de dire à Marthe ni à Patrice si cette nouvelle la réjouissait. L'idée d'un nouveau départ dans cette ville de bord de mer l'avait laissée perplexe et indécise. La seule chose qui lui était venue à l'esprit s'apparentait au souvenir d'une vieille carte postale accrochée dans le bureau de son oncle, représentant la falaise d'Aval. Étretat, Étretat… Qu'importe, elle verrait bien, ici ou ailleurs de toute façon…

Elle descendit en gare du Havre, qu'elle trouva hideusement industrielle, sale et dénaturée. Elle fut un instant prise de panique en pensant qu'Étretat ressemblerait peut-être à cette verrue moderne et infectée. Elle ne pourrait jamais vivre ici, ça la tuerait. Elle modifia donc ses projets et ne consacra pas son après-midi à la visite du Havre, mais sauta dans l'un des bus qui faisait la liaison entre les deux villes. Elle se laissa porter par ce vaisseau de tôle vers sa nouvelle vie, si toutefois, elle reprenait goût à la vie et si toutefois la vie la reprenait. Anxieuse, elle regardait défiler le paysage, quand une femme essaya d'engager la conversation avec elle pour passer le temps. Rien ne l'agaçait plus que d'échanger des banalités avec des étrangers qu'elle ne reverrait sans doute plus jamais. Quelle étrange manie que de vouloir parler pour ne rien dire à des inconnus ! Quelle inutilité et quelle perte de temps ! Quand on est tout entier tourné vers nos pensées, le regard plongé dans le décor qui défile, l'esprit vagabondant, il y a toujours quelqu'un pour venir vous parler du temps qu'il fait ou de l'entretien des routes qui sont mauvaises. Elle ne lui répondit pas, lui faisant comprendre qu'elle ne voulait parler à personne. Elle fut incorrecte, même impolie, ce qui lui posa un problème de conscience, la détournant de ses pensées. Elle enragea. Cet incident banal l'avait extirpée de ses réflexions, mais Bon Dieu, ne pouvait-on pas la laisser tranquille !

Le bus la déposa au cœur de la petite ville déserte, sous une chaleur écrasante. Elle se mit alors à marcher en direction du Donjon Saint-Clair. Elle passerait deux nuits dans cet hôtel, le temps que son prédécesseur quittât définitivement le logement de fonction qui lui était attribué. L'établissement surplombait la petite ville d'Étretat. Chargée de sa grosse valise, son corps frêle eut un mouvement rétif face à la rue qui montait drue jusqu'au Donjon. Accablée de chaleur, fatiguée de toutes ces questions sans réponse qui l'assaillaient depuis le matin, elle gravit cette petite montée comme on entreprend l'ascension de l'Himalaya.

Lorsqu'elle arriva enfin, elle découvrit un petit château de style anglo-normand recouvert entièrement de lierres. Ce long manteau touffu agrippé à la pierre, cette toison en dégradé de vert dissimulait parfaitement la demeure et laissait le visiteur perplexe. Que cherchait à dissimuler ce paravent dense et opaque ? Qu'enserrait ce corset solidement lacé ? Impossible de se faire une idée précise de la configuration de l'établissement, tant cette plante en étouffait les lignes et les courbes, mais elle offrait en même temps une image romantique et charmante de nid douillet, calfeutré, ouaté.

La tranquillité de l'endroit et la fraîcheur des éléments de verdure disséminés par petites touches, suscitèrent en elle un sentiment d'apaisement, qu'elle n'avait pas ressenti depuis longtemps. Elle serait bien ici, elle en était à présent persuadée. Certaines prémonitions ne s'expliquent pas, c'est peut-être ça l'intuition féminine. Elle franchit d'abord le patio, comme on pénètre dans une oasis de fraîcheur et de sérénité, puis demanda la clef de sa chambre, sans même regarder la réceptionniste tant la vue de ce décor la rassérénait.

— Voilà mademoiselle, vous avez la chambre *Liane de Pougy* au second étage. Il vous suffit de prendre à droite, de pénétrer dans la bibliothèque et de prendre l'escalier qui se trouve au fond. Je vais faire monter votre bagage.

Lorsqu'elle entra dans la petite bibliothèque boisée et intimiste, elle fut troublée de ce que le temps semblait s'être ici arrêté. Ce lieu désert paraissait tout droit sorti d'un roman du XIX siècle. Le style Second Empire, l'ambiance feutrée, l'aspect cossu des fauteuils enfoncés conféraient à cet endroit la magie du temps retrouvé. Elle monta les quelques marches qui menaient à sa chambre très lentement. Elle les gravit une à une, le regard avide, s'imprégnant du moindre détail et faisant de cet instant un moment magique, en suspens. Elle se sentait une de ces princesses de conte de fées qui gravit un peu anxieuse les marches de la tour enchantée. Elle était alors ravie d'être seule. Quand elle éprouvait cette sensation rare et sublime, elle essayait de la communiquer à la personne qui l'accompagnait. Cette tentative avortait toujours et lui gâchait son plaisir. Elle devenait aigrie de voir que l'autre ne ressentait pas l'intensité de ce qui, elle, la submergeait. Sentiment d'impuissance et d'inachevé. L'impossible communion des sensations intimes et personnelles.

DE PASSAGE

Quand elle pénétra dans son antre secret, elle découvrit un petit joyau dans son écrin. Un monde prune et vert olive, organisé autour d'un lit à baldaquin tendu de voiles transparents. Une des deux fenêtres offrait une vue magnifique sur la mer lointaine et immobile que barrait un pin parasol. De là, on dominait toute la petite ville d'Étretat, ce qui communiquait un étrange sentiment de pouvoir et de privilège. Une musique d'ambiance ajoutait à cette atmosphère irréelle et enchanteresse. Sur le mur d'en face, accroché au-dessus d'un petit secrétaire fermé, un cadre enserrant de vieilles photographies en noir et blanc. Danseuses et courtisanes de La Belle Époque y étaient représentées dans des poses provocantes, dévoilant des nudités suggestives et scandaleuses. Une fois encore, et pour la troisième fois depuis qu'elle était arrivée, elle venait de pénétrer dans un monde original, inattendu et ancien, qui surgissait insolemment et se campait farouchement. Le passé revendiquant ses droits.

Elle n'attendit pas qu'on lui amenât sa valise, et suivit son violent désir de voir la mer. Elle n'était plus fatiguée, ne souffrait plus non plus de la chaleur, qui par ailleurs était déjà moins tenace en cette fin d'après-midi. Elle se refusa à demander son chemin et suivit son instinct, comme un chien de chasse qui se dirige à l'odorat. Elle déambula ainsi au milieu de rues désertes qui commencèrent à se peupler à l'approche du littoral et des diverses boutiques agglutinées. De jeunes enfants en maillots de bain, assourdis par les recommandations véhémentes de leurs parents, lui firent comprendre que la mer était sans doute là toute proche et que lorsqu'elle gravirait ces quelques marches, elle la découvrirait immense et infinie, comme un cadeau offert.

II

Les yeux fermés, elle se trouvait maintenant sur la promenade du front de mer. Elle inspira profondément et sentit pénétrer en elle l'air salin et iodé. Elle se décida à relever ses paupières, à lever le rideau de chair qui ménage la surprise, et découvrit l'étendue sublime, grignotée de part et d'autre par d'immenses falaises effrayantes et voraces. C'était un spectacle fabuleux, d'une pureté sans faille et d'une sérénité inégalable. La blancheur immaculée de la roche façonnait par des néréides millénaires. Elle pensa au mouvement itératif du sculpteur étincelant qui dompte la matière rebelle et donne naissance à une œuvre unique. Ce sont cela ces falaises : des objets d'art uniques et éternels. Elle comprit la fascination de Courbet et l'inspiration de Monet, la passion de Flaubert et l'attirance de Maupassant. Paysage sculptural. Couleurs envoûtantes. Vision surprenante.

Son corps, sans y penser, se mit à longer la plage de galets en direction de la falaise d'Aval et de son arche. Elle sentait le vent frais et léger de bord de mer rafraîchir sa peau par petites touches, à la façon des baisers d'un amant alangui qui fait durer le plaisir. La caresse licencieuse du vent. Exquis. Elle se sentait légère et pour la première fois, depuis le drame, elle approuva le discours de Marthe. Elle avait envie de vivre, d'être absorbée tout entière par cette nature merveilleuse et d'en jouir. Elle était lasse de pleurer et de se débattre avec son désespoir. Elle voulait percer le secret de ce paysage enchanteur et effacer son passé, replonger dans la vie comme on s'immerge dans une eau glaciale et vivifiante. Le soleil commençait à décliner quand elle s'arrêta net. Elle reconnut l'angle de la photographie du presbytère. L'image qu'elle avait devant elle était exactement la même que celle qui l'avait vue grandir. Elle était passée des milliers de fois devant cette carte postale sans se douter qu'un jour elle se retrouverait là, *pour de vrai*, comme disent les enfants. Elle resta ainsi, immobile, pendant un temps indéterminé. Elle savourait son retour à la vie, tout en laissant s'échapper quelques larmes, face à la majesté sculpturale de ces rocs solidement plantés dans l'eau qui se débattait. Lasse, un peu ivre de ce trop-plein d'air, elle reprit lentement le chemin du Donjon, dans le silence et la douceur du crépuscule.

Lorsqu'elle pénétra à nouveau dans la bibliothèque, des bruits prosaïques de fourchettes crissant sur la porcelaine, des éclats de voix et de rire vinrent interrompre sa rêverie solitaire. Le bouillonnement cacophonique du restaurant se répandait jusque dans ce lieu intime et reclus, qui l'avait fasciné tout à l'heure par son calme et sa tranquillité. Les fumets entêtants et l'agitation qui régnaient derrière la porte entrouverte l'agacèrent. Ils brisaient son halo de chimère et gâtaient sa méditation toute romantique. Elle fit monter son dîner dans sa chambre, ainsi qu'une bouteille de champagne. Elle voulait fêter ce tout petit moment de bonheur qu'elle avait ressenti si intensément et qui était assez rare dans une vie pour qu'on lui rendît hommage. Elle désirait être seule, libérée de toutes conventions sociales et savourer cet instant loin des regards inopportuns.

La cloche en argent et la coupe mordorée étaient posées sur la petite table ronde, installée sous la fenêtre ouverte. Elle se plongea dans le petit fauteuil pourpre et moelleux, face à la nuit. Elle avait éteint toutes les lumières après qu'on lui ait monté son dîner. Elle s'était donc volontairement enfouie dans l'obscurité épaisse, se laissant délicieusement pénétrer de cette noirceur fuligineuse. Seule au monde, à la fois invisible et toute-puissante, elle se rappela les nuits passées à la fenêtre à guetter les soubresauts de la vie parisienne. Alors elle but pour ne plus penser. Elle se resservit encore et encore jusqu'à ce qu'un sentiment d'abandon et de bien-être l'envahît tout entier. Après avoir dîné, elle resta très longtemps face à la fenêtre, un verre à la main, écoutant le lointain ressac de la mer. Il était minuit passé, lorsque, de façon presque imperceptible, une mélodie légère et flottante monta jusqu'à sa fenêtre ouverte. Chopin. Elle reconnut cet air immédiatement. Il avait tant de fois joué cette mélodie pour elle qu'il lui était impossible d'avoir la moindre hésitation. Dans la moiteur de la nuit étoilée, *les Nocturnes* envahissaient insolemment l'air et son cœur déchiré. Son corps tout entier se rendait à cette mélopée feutrée qui tapissait la pièce de velours. Vaincue, son âme soumise se vautrait servilement aux pieds de ces notes toutes-puissantes. Un miracle. Un miracle devant lequel on dépose les armes, un miracle qui fait qu'on s'écroule face contre terre. Un douloureux et merveilleux miracle.

Elle s'extirpa de ce fauteuil moelleux et emprisonnant qui engloutissait son corps frêle et offert. Face à la fenêtre ouverte, elle fit glisser sa robe claire le long de son corps légèrement grisé dans l'obscurité fraîche et sensuelle, offrant sa nudité en sacrifice. Sans un bruit, au son du piano invisible et lointain, elle dégrafa le soutien-gorge qui libéra ses seins lourds, comme une offrande, puis fit rouler sur ses cuisses fermes et lisses la petite culotte en dentelle blanche. Elle s'étendit ainsi sur le lit virginal, nue et offerte, et le rêva puissamment. Elle pensa non pas à ce qu'il devenait ou ce qu'il faisait, mais à la douceur de ses mains, à l'épaisseur de sa chevelure, à la musculature de son torse imberbe, à la chaleur de son sexe. Et, dans cette solitude intense, sur un air de Chopin, elle lui fit l'amour. Elle lui fit l'amour comme avant, comme derrière les persiennes bleues, comme au temps où elle ne connaissait encore rien de la vie et où c'était si bon.

III

Un rayon de soleil comme une flèche aiguisée pénétrait ce corps inerte, livré aux premières chaleurs du jour. Encore engourdi des sensations de la veille, il semblait de marbre, immobile sur les draps froissés. Elle ouvrit un œil et fut aveuglée par la lumière matinale. Quand son regard se fut habitué à cette clarté envahissante, elle découvrit les restes des frasques solitaires de la veille : une bouteille vide, des couverts sales, une coupe au liquide trouble. Une véritable nature morte s'offrait à son regard : les tristes restes d'un festin nocturne. Rien de plus déprimant en vérité que ce morne spectacle gâchant la beauté du jour envahissant. Elle se leva donc rapidement avant d'être en proie à ce sentiment mélancolique, qui la tenait d'une poigne de fer depuis maintenant des mois et dont elle comptait bien se libérer.

Elle prit une douche et descendit rapidement pour prendre le petit déjeuner en salle. Ce matin, elle affronterait la société. Le défi ne fut pas difficile à relever : il n'y avait qu'un couple d'octogénaires, déjà attablés, buvant bruyamment leur café à grandes lampées.

— Bonjour, mademoiselle. Je vous en prie, asseyez-vous. Ma collègue a oublié de vous dire hier que notre établissement, en partenariat avec l'office du tourisme, offre à tous ses clients une entrée gratuite pour la visite de la demeure de Maurice Leblanc. Je vous remettrai votre billet après votre petit-déjeuner, si cela vous intéresse.

Comment avait-elle pu oublier l'aiguille creuse ? et Arsène ? et… comment s'appelait-il déjà cet étudiant, ce détective amateur ? rrrrr ? quel était son nom ? comment avait-elle pu oublier ! Étretat, cette ville qui ne lui évoquait rien d'autre qu'une carte postale vieillie ! Quelle bêtise ! Ce nom avait investi sa chambre pendant des soirées entières. Elle l'avait convoquée en esprit via sa lecture et se l'était représentée en imagination, suivant avec émotion les frasques palpitantes de Lupin. Elle avait même essayé de dessiner cette fameuse aiguille creuse dont il était question dans le roman, sans faire le rapprochement avec la carte postale vieillie de la falaise d'Aval. Étretat… Le lieu de prédilection d'un des plus grands écrivains de littérature policière. Le père du fascinant gentleman-cambrioleur. Elle avait oublié… Il était venu ici, il s'était trouvé sur la même plage qu'elle hier il y a de cela maintenant des années. Sans doute, avait-il été aussi séduit et ébloui qu'elle par cet endroit où il était revenu en famille année après année. En famille…

Elle fit durer le petit déjeuner encore et encore, juste pour savourer cette pensée… La pensée que cette journée allait être riche et remplie d'une nouveauté réjouissante. Surexcitée, elle brûlait d'abandonner cette petite table, mais elle aiguisait son désir avec un certain plaisir sadique. Ces instants, où tout reste à venir, sont sublimes. Elle ne devait pas rater ce dernier moment de bonheur et de pure solitude, car la rencontre de ses collègues et du personnel de direction, prévue pour le lendemain, allait la replonger dans la vie sociale, essentielle mais épuisante.

Le musée Leblanc n'était qu'à une demi-heure de marche de l'hôtel. Lorsqu'elle pénétra dans le jardin de cette demeure bourgeoise de villégiature, elle fut envahie par un étrange sentiment. Partout on s'attendait à ce qu'une petite fille en robe grenat sorte des buissons en courant un cerceau à la main, laissant voir ses jupons blancs, un garçon habillé pour la pêche, une épuisette à la main, une bonne affairée, un chien… Dans ce jardin désert, le temps semblait s'être arrêté depuis le décès des propriétaires. C'est une âme du passé qui règne ici, et quand on tend un peu l'oreille, on peut encore entendre les voix qui animaient la maison à toute heure de la journée, à la fin du siècle dernier. On pénètre dans cette demeure comme on entre dans un sépulcre, avec religion. Le jardin procure des sensations indéfinies et spectrales, mais ce n'est rien à côté du bureau de Maurice Leblanc que l'on visite en tout premier. On s'imagine immédiatement l'écrivain au travail. Les photographies de famille présentes dans cette pièce encore intactes, les objets familiers de l'auteur, cette intimité bouleversante suscitèrent en elle un sentiment de douce mélancolie. L'Homme, c'est ça. Un instant, un éclair, une bribe, un craquement d'allumette, une miette, une particule de poussière dans l'espace et dans le temps. Sa femme, ses enfants et lui-même, qu'en reste-t-il ? Quelles traces de leurs joies, de leurs déceptions, de leurs espoirs ? Seul Arsène Lupin demeure, toujours aussi fringuant. Le miracle de la littérature.

Le reste de la visite fut plus ludique, retraçant le quotidien imaginaire du gentleman-cambrioleur, mais cette intrusion dans le bureau resterait pour elle un souvenir vivace. Puis elle fut prise d'une violente envie de voir la mer et de retrouver les falaises de la veille. Elle avait envie de hurler son retour à la vie devant cette étendue immense et l'âpreté de ces roches millénaires. Elle prit la direction opposée de l'aiguille creuse, vers les falaises qui avaient inspiré Monet et elle marcha encore et encore, jusqu'à épuisement. Elle avait besoin de se faire mal, de libérer son corps de tant de mois d'inaction, de vider son âme de toutes les déceptions accumulées. Régénérée d'une puissance terreuse qui infiltrait son corps tout entier, elle comprit que, comme Antée, elle puiserait sa force dans cette nature mi-roche, mi-eau. Mi-Gaia, mi-Poséidon. La vie ne serait plus jamais la même, et c'était de sa faute. Elle avait commis l'erreur de croire que la volonté et la jeunesse avaient tous les pouvoirs et que la vie sourit toujours à ceux qui l'aiment. Elle s'était gavée d'illusions et de fantasmes. Il ne faut rien attendre de la vie si l'on veut qu'elle nous donne un peu, si l'on ne veut pas être déçue. Aujourd'hui, elle allait vivre sans attente ni espérance. Vivre, pour la beauté du soleil qui s'élève, pour l'odeur de la mer les soirs d'orage, pour la profondeur des nuits étoilées, pour goûter à la création artiste du monde.

Huitième partie

I

— Excusez-moi, mais je vous regarde depuis dix minutes déjà et je me demandais si par hasard…
— Louise ?
— Oh, Gersende, c'est bien toi ? Je n'étais pas très sûre, ça fait si longtemps, mais tu n'as pas changé. Oh, ce que je suis heureuse de te voir, après toutes ces années ! Combien, vingt ans ? Oh oui, au moins. Nous nous sommes quittés, nous n'étions que des gamines. C'est extraordinaire de te revoir ici, par hasard !
— Vingt-trois ans précisément. J'avais seize ans la dernière fois qu'on s'est parlé.
— Tu m'en veux encore, n'est-ce pas ? Je me suis sentie tellement coupable, tu sais.
— Oh, tout ça, c'est du passé, Louise. C'est si loin. Il ne reste plus rien de cette époque.
— Si ! Nous ! Nous, nous sommes là ! Que fais-tu ici ? Tu es en vacances ?
— Non, je vis ici, depuis maintenant une dizaine d'années. Cet endroit m'a sauvée. Mais ne parlons pas de cela, veux-tu, toi, que fais-tu ici ? Es-tu mariée ? As-tu des enfants ? Travailles-tu ? Dis-moi tout.
— Je suis en vacances avec mon mari et mes deux enfants. Enfin, en vacances, façon de parler. Le ménage, la cuisine, les courses, les lessives… c'est toujours le même programme dans un décor différent, voilà tout. C'est ça, mes vacances à moi…

— Sarcastique ? Ça ne te ressemble pas ? Et où sont-ils d'ailleurs ? Tu les as tous étripés ?

— Comment as-tu deviné ? lança-t-elle en riant bruyamment. Non, j'ai voulu faire quelques boutiques, pour me donner l'illusion d'être en vacances. Mon programme ne passionnait ni mon mari, ni mes enfants : ils sont partis pêcher. Je t'offre un café ?

— Volontiers ! Asseyons-nous là. Je suis une habituée de ce petit salon de thé, tu m'en diras des nouvelles.

— Bon alors, à toi, raconte-moi tout : mari, enfant, boulot…

— Pas de mari, pas d'enfant, mais un boulot : j'enseigne ici les lettres.

— Une aussi jolie femme que toi, je ne peux pas y croire. Il doit y avoir un amoureux que tu me caches quelque part.

— Des hommes il y en a eu, il y en a, quelques-uns, mais qui comptent vraiment, non.

— Tu n'as pas trouvé encore le bon.

— Si, justement, je l'ai trouvé et c'est ça le problème… Laisse tomber, c'est compliqué.

— Ça a l'air. Et ton projet de roman ?

— Longtemps, j'ai noirci des pages et des pages… pour tout brûler en arrivant ici !

— T'es folle !

— J'ai bien changé, tu sais. Quand je suis arrivée ici, tu comprends, je n'étais plus la même. J'avais vieilli d'un coup. Lorsque j'ai relu ce roman, j'avais l'impression de parcourir le bouquin d'une autre. Je ne me reconnaissais plus dans ces mots de première jeunesse. Qu'importe. Ne prends pas cet air désespéré, ça n'a plus d'importance tout ça.

— Et Marthe alors ? Comment va-t-elle ? Je l'ai croisée par hasard, il y a peu de temps et je l'ai trouvée fatiguée.

— Ah, Tounette ! Tu sais ce qu'elle représente pour moi. Je leur rends visite aussi souvent que je le peux, et à chaque fois je la trouve un peu plus marquée, un peu plus éreintée. Ça m'effraie terriblement.

— Je sais, mais elle n'est pas éternelle, il faut t'y préparer, tu sais. En plus, elle m'a dit pour Patrice, ça n'arrange rien.

— Ce cancer lui ronge le foie et les médecins semblent s'affairer inutilement. Il s'affaiblit de jour en jour. Nous sommes très inquiètes. Je ne cesse de faire l'aller-retour en ce moment. D'ailleurs, je prends le train vendredi prochain.

— Tu viens dans notre région ? Tu passeras me voir, n'est-ce pas ?

— Si l'état de Patrice et le moral de Marthe me le permettent, je viendrai avec plaisir, c'est promis !

— J'espère que tu pourras te libérer. Dis donc, c'est déprimant tout ça… Changeons de sujet, veux-tu, Marthe m'a dit que tu voyageais souvent. Raconte !

— J'ai réalisé un de mes rêves, c'est vrai. En dix ans, j'ai visité douze pays différents ! En fait, j'ai besoin de partir pour me retrouver. À chaque fois, c'est un peu de moi-même que je vais chercher à des milliers de kilomètres d'ici. J'ai toujours été très compliquée, tu vois, un peu folle même, tu peux l'avouer ! dit-elle en riant.

— Pas du tout, t'en as de la chance d'être partie si loin. Ben moi, la seule fois où je suis allée à l'étranger, c'est quand nous avons franchi la frontière espagnole, une journée, parce que Gilles voulait acheter des cigarettes et de l'alcool ! Très exotique, non ? Je t'envie, j'aurais vraiment aimé voyager comme toi. Ça me déprime, tiens.

— Ne m'envie pas. Tu as une famille, des projets, une existence bien remplie de choses essentielles, de gens qui ont besoin de toi.

— Oui, pour faire le repas ou laver le linge. Tu sais, ma vie est triste à pleurer. Quand Gilles est absorbé par un stupide programme télé et que les enfants s'étripent en hurlant alors

DE PASSAGE

qu'ils devraient déjà dormir depuis plus de deux heures, je me demande ce que je fais moi au milieu de tout ça.

— Je crois que la vie fait que nous ne sommes jamais satisfaits de ce que nous avons. Tu sais, lorsque je suis à l'étranger, tout au long de la journée, je cours, je découvre, je m'émerveille encore et encore. Mais quand je rentre le soir, seule dans ma chambre d'hôtel, le silence écrasant me déprime. Et je me sens plus bas que terre. En plus, tu sais, quand la nuit tombe, avec son lot de tristesse et de mélancolie, on se rend compte que la ville dans laquelle on se trouve est absolument identique à toutes les autres et que ce que l'on voulait fuir se retrouve indéfectiblement sous nos yeux. Il faut se donner les moyens d'être heureux, c'est très difficile. Tu sais, tous les hommes et toutes les femmes de tous les pays du monde ont les mêmes occupations et préoccupations. Tout paraît différent, mais c'est un leurre : les mêmes soucis, les mêmes désirs, les mêmes douleurs. Voyage pour découvrir et apprendre, ne voyage pas pour changer de vie.

— Oh, philosophe avec ça !

— C'est l'âge, que veux-tu !

— Non, mais sérieusement... les voyages nourrissent l'esprit, certes, mais qu'en est-il du corps ?

— Quoi ?

— Tu as bien dû faire quelques rencontres, hum ?

— Des aventures d'un soir, oui, avec des hommes qui disaient que j'étais belle et qui me donnaient l'impression d'exister le temps d'un dîner. Un enivrement éphémère qui fait du bien au corps et mal à l'âme.

— Aucun coup de foudre ?

— Je les ai toujours tous quittés au petit matin. Ce n'était pas avec eux que je faisais l'amour, mais avec mon pianiste. Je suis décourageante, non ?

— Celui pour qui t'a tout plaqué, celui des vacances dans le midi ?

— Hmmm

— Tu sais qu'à l'époque, ça a fait jaser tout le quartier ! Il était si parfait que ça ?

— J'étais amoureuse, c'est tout. Je vais te faire rire, je crois même que je le suis encore. Il est vrai aussi que je l'ai tant de fois fantasmé, que j'en ai fait l'homme idéal. Partant de là, vivre avec n'importe qui, même avec lui, ne pourrait que me décevoir. Non, et puis j'ai compris des choses essentielles de la vie avec lui, des choses qui devaient bouleverser toute mon existence.

— C'est fou !

— Non, assez banal, en fait.

— Tu as connu le grand Amour, alors. Mais qu'est-ce qui s'est passé ?

— Je l'ai quitté. J'ai saisi très vite que, dans quelques années, mon pianiste ce serait ton Gilles, absorbé par la télé et sourd aux bruits de nos futurs enfants insupportables. J'ai eu peur d'être délaissée au point ne plus exister. J'ai été effrayée à l'idée qu'à force d'être trop dans sa vie, j'en devienne invisible, inutile. J'ai cru que ce n'était pas ça l'amour.

— Peut-être que ce ne serait pas arrivé.

— Mais si, Loulou, c'est la même chose pour tout le monde. C'est ça ce qu'il m'a fait comprendre, cette chose tragique.

— Alors, tu trouves ma vie bien pathétique.

— C'est tout le contraire. Vivre toute une vie d'amour, c'est très difficile. Peut-être ai-je fait preuve de lâcheté. J'aurais dû sans doute me battre et affronter les pires ennemis de la femme : la vieillesse, l'habitude, les tentations. Je n'ai pas voulu accepter le fait que la passion tôt ou tard meure, fatalement. J'ai voulu mener un combat perdu d'avance contre le destin. Tu sais, la première fois qu'il m'a embrassée, ça a été sublimissime, son cœur battait si fort que je pouvais l'entendre. Un an après, nos baisers quotidiens étaient devenus une habitude machinale, n'engendrant absolument aucune émotion, aucune sensation. J'ai trouvé ça terrible, mais vraiment terrible, tu comprends.

Pourtant, aujourd'hui, je ne suis plus certaine d'avoir fait le bon choix. Toi, tu as une vie banale : un mari, des enfants, c'est vrai, mais c'est bien après cela que courent tous les célibataires, les veufs et les couples stériles, non ?

— Peut-être, je ne sais pas. Toi, par exemple, tu ne cours pas après cela.

— Je ne suis pas un exemple. Je crois que moi, je cours depuis des années après des choses qui n'existent pas et que je considère pourtant essentielles : la tendresse de mon père, l'amour toujours partagé de mon pianiste, le regard de ma mère bienveillant là-haut… Tu vois, je suis un peu fêlée. Il faut dire que la vie ne m'a pas gâtée.

— À propos, pour ton oncle, vous n'avez jamais su ?

— Marthe ne t'a pas raconté ? J'ai retrouvé son assassin.

— Pas possible ! Je n'en ai jamais rien su, pourtant je lis le journal tous les matins.

— La presse n'a pas été mise au courant.

— Pourquoi ça ?

— Tu promets de garder tout ce que tu vas entendre pour toi ? Je pense que ça me fera du bien d'en parler.

— Tu peux me faire confiance.

— Environ six mois après mon arrivée ici, je suis allée voir Marthe et Patrice durant les vacances scolaires. J'en ai profité pour me rendre au foyer Sainte-Anne.

— Celui de la rue Balzac ?

— Oui, le foyer pour les sans-abri dont mon oncle s'occupait avec quelques bénévoles. Depuis toute petite, je connais cet endroit. Tounette était désolée à chaque fois que mon oncle m'emmenait avec lui « pour m'enseigner la charité », comme il disait. Tu t'en souviens ?

— Oui, elle en était malade ! Alors, ça s'est passé comment ?

— La plupart des sans-abri, et les bénévoles les plus anciens, m'ont accueillie chaleureusement. Je n'avais pas eu le courage d'aller les voir après la mort mon oncle. Ce jour-là, je me suis décidée. Je l'ai fait pour lui, pour Anselme, une sorte d'hommage, de pèlerinage même. Quand je suis arrivée ils servaient la soupe, beaucoup m'ont reconnue tout de suite. J'ai été très étonnée de voir à quel point ils étaient heureux de me voir. J'ai compris que le temps n'avait plus de prise sur eux. Ils ne m'avaient pas oubliée, parce que rien ou presque rien ne meublait plus leur vie.

— Oui, par le fait, ils côtoient véritablement très peu de monde.

— C'est ça et les bénévoles ou même les policiers qui les ramassent de temps à autre sont un peu comme les membres de la famille qu'ils n'ont plus. Enfin bref, j'ai aidé à servir la soupe ce soir-là. J'ai servi beaucoup de sans-abri à qui pourtant à l'époque on ne donnait pas plus de six mois à vivre tant ils étaient rongés par l'alcool. Quand ce fut le tour d'Hermann… c'est vraiment drôle que tout soit venu de lui, d'ailleurs.

— Pourquoi ?

— Adolescente, il me répugnait, je le trouvais repoussant. Jamais je n'aurais cru que j'aurais eu un jour à le remercier. Les gens ne sont jamais vraiment ce qu'on croit qu'ils sont. Il m'a dit : « Salut, ma belle, ça fait un bail ma cocotte, mais t'es toujours aussi jolie. J'suis bien désolé pour l'curé, c'était un mec bien qui méritait pas ça. C'est vraiment du gâchis tout ça à cause de l'aut' con ! » Mon sang n'a fait qu'un tour. Je lui ai demandé s'il savait qui avait fait ça. Il m'a dit qu'oui. Un type qui squattait la maison de la mère Titi, abandonnée depuis le décès de sa propriétaire et qui parlait beaucoup quand il avait vraiment trop bu. Il se faisait appeler Lulu.

— Pourquoi est-ce qu'il n'a rien dit à la police ?

— À ton avis ?

— Mouais…

— Et puis toute façon, il dit que les flics ne l'auraient pas pris au sérieux. Vu le policier chargé de l'affaire, il n'avait pas tort.

DE PASSAGE

— Qu'est-ce que t'as fait ?
— Je m'étais promis de venger la mort de mon oncle. Toute cette haine que je croyais éteinte s'est ranimée d'une force que je n'avais pas soupçonnée. Je n'ai rien dit à Marthe pour ne pas qu'elle essaye de m'empêcher de faire quoi que ce soit. J'étais en furie. J'ai pris un couteau de cuisine et suis partie en direction de cette fameuse bicoque abandonnée depuis des années.
— Qu'est-ce que tu avais l'intention de faire ?
— Je crois qu'à l'époque j'étais vraiment décidée à le tuer. Je te fais peur, hein ?
— Un peu, quand même, dit-elle en riant.
— Je sais, moi aussi quand je m'entends te le raconter, ça me fait drôle, mais je m'étais promis de venger mon oncle et tu me connais, je recule rarement. En fait, je pense qu'à l'époque, je voulais surtout me venger de la vie et pour une fois agir, non subir.
— Alors ?
— J'y suis allée. Je n'ai pas eu de mal à le trouver. Il était là, allongé, puant l'alcool, un déchet humain, *moins qu'un homme*, j'ai pensé. Je l'ai réveillé en lui balançant quelques coups de pieds. Il s'est retourné en grognant. Je lui ai demandé si on le surnommait bien Lulu. C'est là que j'ai vu ses yeux. J'ai été frappée par ce regard bleu électrique fixe entre ses joues crasseuses et ses mèches grasses collées sur son front noir.
— Tu as renoncé.
— Non, je me suis mise à hurler en le sommant d'avouer. C'est ce qu'il a fait sans hésitation. J'ai crié : « *Mais pourquoi, salopard, pourquoi ? Raconte-moi, raconte-moi tout, sinon j'te plante* », et j'ai sorti mon couteau.
— La vache, mais t'as peur de rien !
— Tu parles, j'étais morte de peur. Il n'a pas essayé de se défiler. Il m'a raconté que ce soir-là, il était bien allé voir mon oncle à l'église pour se confier. Il avait eu besoin de parler à quelqu'un de la mort accidentelle de sa femme et de sa petite

fille, et des conséquences : le dégoût de la vie, la longue descente en Enfer, la perte de son emploi, la déchéance, et puis la rue. Il n'avait jamais trop cru en Dieu. Pourtant, à ce moment précis où tout s'effondrait, il avait eu besoin de pousser la porte d'une église.

— Il t'a tout déballé comme ça ?

— On aurait dit que ça le soulageait. Tu sais, il est allé à l'église ce soir-là, comme on dicte ses dernières volontés. Il avait épuisé tous les chagrins. Il a demandé très simplement si Dieu existait. C'était un appel au secours. Il voulait qu'on l'aide à comprendre, qu'on l'aide à ne plus souffrir.

— Et alors ? Que lui a dit ton oncle ?

— Mon oncle lui a répondu que l'on ne pouvait juger des décisions divines et que les voies du seigneur étaient impénétrables.

— Ah…

— Tu peux croire ça ? Cet homme s'est mis à hurler qu'il ne l'avait pas bien compris, que sa petite fille avait été déchiquetée, démembrée, éparpillée comme un ballon de baudruche qui explose et dont les restes se trouvent disséminés un peu partout. Il lui dit qu'elle était la vie avec son large sourire, ses yeux cristallins, son petit corps frêle et robuste, et que sa femme était son soleil, son envie de se lever le matin, et que maintenant, bordel de merde, elles n'étaient plus que deux pierres froides et muettes sur lesquelles il dormait le soir, seul, à l'abri des regards.

— Qu'a dit ton oncle ?

— Sans sourciller, il lui a expliqué que Dieu n'était pas responsable des accidents, des maladies, ni même des guerres.

À ce moment précis, il a arrêté son récit d'ailleurs et il m'a lancé : « Vous y croyez, vous, à un Dieu tout-puissant incapable d'agir contre le Mal ? » Je n'ai pas répondu, mais j'étais assez d'accord.

— Ne dis pas ça !

— On voit que la vie t'a épargnée. Tant mieux. Sérieusement Loulou, t'y crois encore à tous ces trucs dont ils nous farcissaient le crâne ?

— Je crois en Dieu, Gersende, oui.

— Quelle chance ! Et je ne le dis pas ironiquement. Bref, Anselme a continué en lui promettant qu'il prierait pour l'âme de sa femme et de leur petite. Ce n'est pas tout, il a ajouté, d'un ton réprobateur, que le cimetière était fermé la nuit et qu'il fallait cesser d'y pénétrer en toute illégalité. Je comprends que cet homme brisé est devenu fou l'espace d'un instant. Je ne peux pas croire qu'Anselme lui ait répondu cela, ou plutôt si, malheureusement, je le crois.

— C'est là qu'il l'a agressé ?

— Non, non, il s'est écroulé, en répétant qu'il ne voulait plus vivre. Là, mon oncle a dit qu'il blasphémait, que Dieu lui avait donné la vie et qu'il devait respecter cela. « Aide-toi et le Ciel t'aidera. » Voilà ce qu'il lui a répondu, tu te rends compte ?

— C'était un prêtre, Gersende !

— Non ! c'était un homme avant tout. Il aurait dû réagir en homme, bon sang, pas en prêtre. Il aurait dû ouvrir son cœur, enlever ses œillères, fermer sa Bible et pour une fois penser par lui-même.

— Tu aurais voulu qu'il se renie !

— Pas toi ? Lulu est devenu comme fou, criant qu'il ne voulait pas de l'aide de son Dieu qui faisait mourir les femmes et les enfants et qui jetait dans le désespoir les types comme lui. C'est là qu'il a sorti son couteau, menaçant de se trancher la gorge en espérant pourrir en Enfer, plutôt qu'au Paradis. Anselme a essayé de le désarmer. Ils en sont venus aux mains et mon oncle a été blessé à mort.

— Il t'a dit tout ça ? C'était un accident alors ? Qu'est-ce que t'as fait ?

— Mais tu ne comprends pas que j'ai eu cette pensée affreuse qu'il avait eu raison et qu'à sa place j'aurais fait la même chose. Je me suis dégoûtée, mais j'ai pensé que mon oncle avait été justement puni, qu'il avait été condamné pour son manque d'humanité. Il avait une Bible à la place du cœur. C'est un lourd sentiment de culpabilité que je traîne encore. Quoi qu'il en soit, je n'ai ni tué, ni dénoncé ce pauvre homme.

— Ouais, enfin, pauvre homme, c'est quand même un meurtrier.

— Victime et meurtrier à la fois.

— C'est une sacrée histoire !

— Voilà tu sais tout, mais motus. D'accord ?

— Bien sûr, tu peux me faire confiance.

— Ne parlons plus de cela, s'il te plaît. Nous allons finir par déprimer avec notre conversation morose.

— En tous cas, j'ai adoré discuter avec toi. Ça faisait si longtemps ! Il faut que je rentre maintenant, mais tu viendras nous voir la semaine prochaine, promis ?

— Promis.

À peine l'avait-elle quittée qu'elle regretta déjà amèrement de s'être confiée de la sorte. C'était toujours la même chose. Lorsqu'elle rencontrait quelqu'un qui appartenait à *sa vie d'avant,* comme elle disait, elle se laissait aller à des confidences, qu'elle regrettait presque aussitôt. Elle ne faisait plus confiance à personne et ce depuis longtemps, et en même temps elle avait parfois ce besoin aigu de converser, d'avoir une vie sociale. C'était dans ces moments-là qu'elle se serait mis des gifles. Et puis, ces conversations, profondes ou banales d'ailleurs, la ramenaient toujours au même constat douloureux. Elle éprouvait ce sentiment étrange et désagréable d'être très différente et donc très seule, ne parvenant pas à se reconnaître dans le discours de l'autre. Elle s'était toujours ennuyée à mourir lorsqu'elle s'était retrouvée au sein d'un groupe d'amis parlant de tout et de rien, sirotant nonchalamment un verre, à la terrasse d'un café. Que de temps perdu ! Elle préférait de loin les entrevues qui prenaient la tournure de confidences et durant lesquelles la parole plus sincère se chargeait d'intérêt, mais le piège était de se laisser aller à des révélations intimes. Surtout quand on était plus très sûr à la fin de la discrétion de son interlocuteur ! Qu'importe, c'était top tard, elle se posait trop de questions. Quand elle rentra chez elle ce soir-là, elle avait la tête brisée comme si elle venait de revivre vingt ans de sa vie en un après-midi. Et puis, il y avait Patrice bien sûr et cette histoire de cancer qui l'obsédait. Elle s'approcha du miroir et fit l'inventaire, comme à son habitude. Trois cheveux blancs, de légères poches sous les yeux, la ride du lion. Signes avant-coureurs. Mauvais signes. Elle se glissa sous les draps, appréhendant à l'avance la journée de vendredi : le voyage en train, les pleurs de Marthe, le moribond à l'agonie.

II

Effrayée, je le regarde en écoutant ses râles affreux. Cachée dans l'encoignure de la porte, j'aperçois son visage de cire jaune percée de deux cernes fuligineuses. Tableau effrayant que la métamorphose de cet homme affable et charmant en pantin désarticulé repoussant et immonde. Patrice n'est plus Patrice, ce n'est plus qu'un corps anonyme, une chair souffrante et putréfiée, exhalant une odeur insupportable. Il est passé de l'autre côté de la barrière : ça y est, il est déjà rentré dans l'anonymat des condamnés, auprès de ceux qui n'ont plus d'identité, qui sont simplement un tas d'os voué à disparaître et dont personne ne se souviendra dans une centaine d'années. Marthe n'est plus que l'ombre d'elle-même. Son visage est meurtri par toutes les larmes qu'elle a essuyées ces dernières semaines. Elle est vide de tout, même de chagrin. Elle n'arrive plus à se lamenter. Elle erre dans les couloirs de la maison, les yeux dans le vague, l'esprit ailleurs. Hier, elle s'est effondrée en m'avouant qu'elle n'en pouvait plus et qu'elle souhaitait même qu'il parte maintenant, car il lui était impossible de supporter plus longtemps ses souffrances stériles. Depuis cet aveu, elle vit dans l'angoisse et la culpabilité d'avoir pu un instant souhaiter la mort de l'homme qu'elle aime. Elle pense avec effroi que quand il partira ce sera de sa faute. Et moi, je suis là au milieu de tout ce désespoir et je me retrouve encore une fois obsédée par les mêmes questions qui me hantent depuis toujours. Pourquoi la vie s'acharne-t-elle sur des êtres doux et bons ? Pourquoi cette injustice ? Si le Dieu tout-puissant de mon oncle existe, pourquoi ne fait-il rien ? Après tout, il a bien laissé mourir son propre fils, alors pourquoi ferait-il un geste pour Patrice ? Alors, c'est ça la vie ? Nous sommes là toutes les deux à le regarder mourir, totalement impuissantes. Il sait qu'il va quitter ce monde et il sait aussi que rien ni personne ne peut empêcher cela, c'est atroce. Ce doit être pour lui l'expérience de la solitude extrême. Il ne cesse de répéter qu'il ne veut pas mourir. Hier, il a supplié le médecin de le guérir, qui en guise de réponse lui a serré la main très fort et a esquissé une moue de regret. Quand il est parti, Patrice a pleuré silencieusement dans son lit jusqu'à ce que la morphine l'abrutisse complètement et le plonge dans un sommeil de plomb. C'est l'une des expériences les plus traumatisantes de ma vie. Bien sûr, il y a eu l'agonie de maman, mais j'étais encore si jeune. On a essayé de m'épargner et je ne l'ai jamais réellement entendue souffrir. Quand elle est morte, je ne l'ai pas vue, on m'a juste expliqué qu'elle était au ciel. C'est l'absence qui a été et qui est aujourd'hui encore douloureuse, mais là c'est différent. J'assiste à l'agonie de cet homme minute après minute, je le vois se décomposer, avançant péniblement vers la mort, et je n'y peux rien. Je côtoie sa souffrance physique et psychologique au quotidien et j'entraperçois du même coup ma fin à moi. Des bouffées d'angoisses m'envahissent alors, au point de ne plus respirer.

III

Les vacances d'octobre furent interminables. Nous restions Marthe et moi enfermées dans la maison toute la journée, vivant au rythme des râles plus ou moins marqués de Patrice. Il nous était impossible de parler. Marthe restait assise des heures entières, les yeux arrêtés sur quelques pensées impénétrables, tandis que j'écumais page après page mon volume de La Pléiade. Je m'évadais ainsi sans que personne ne s'en aperçoive à travers les lignes zoliennes pour me retrouver au cœur des frasques du Second Empire. Exutoire vital. Noyée au milieu de la soie et des lumières orgiaques de la belle Saccard, je prenais ma bouffée d'air au cœur même de ce monde vicié et décrit comme répugnant et malsain par l'auteur lui-même. Je commettais, un peu honteuse, ce double péché, celui de me distraire alors que Patrice mourait lentement à côté de moi, et pire encore, celui d'éprouver du plaisir au contact de cette lecture dépravée, écrite pour inspirer le dégoût. Que faut-il mieux ? Vivre comme Renée toute une vie de plaisirs condamnables et de folies outrancières jusqu'à se dégoûter et devenir folle ou exister platement et béatement la conscience tranquille ?

Franchement, elle n'avait pas la réponse. Bien sûr, elle comprenait toute la charge critique qui pesait sur la description de cette famille Saccard odieuse, frivole et cupide. Elle saisissait les moindres allusions satiriques de l'auteur et convenait que cette nouvelle société, née sous le Second Empire, était l'incarnation de la dépravation, mais quand même, elle n'arrivait pas à condamner Renée pour autant. Par moments, elle l'enviait même avec son corps parfait et ses amours troublants. Peut-être avait-elle, elle aussi, une nature mauvaise ou bien était-elle également un peu fêlée. Quand même, lorsqu'on regardait Patrice, on souhaitait bien qu'il ait fait les pires folies avant ça et qu'il en ait bien profité, parce que si c'était pour finir ainsi, sans avoir rien à expier, ça semblait vraiment injuste.

Des idées affreuses lui venaient à l'esprit quand elle arrêtait de lire, elle se demandait si Patrice mourrait au milieu d'un chapitre ou si au contraire il attendrait la fin du volume. Il avait déjà dépassé *La Fortune des Rougon*, *La Curée*, et voilà qu'il entamait *Le Ventre de Paris*. Sa lecture devenait un compte à rebours macabre et elle savait déjà que le souvenir de Patrice serait indéfectiblement lié à ce volume pour le reste de sa vie. C'est drôle comme certains objets peuvent prendre une dimension intime et se chargeaient d'un secret dont vous êtes le seul dépositaire.

IV

Il est mort comme ça, bêtement, un stupide après-midi d'octobre. Il a cessé de respirer, au milieu d'une ligne, sans connaître la fin de *La Faute de l'abbé Mouret*, parmi les pleurs déchirants de Marthe, atrocement défigurée par le chagrin. Quand Gersende sortit ce soir-là prendre l'air, elle fut saisie par cette impression étrange que rien n'avait changé. La vie de Marthe venait de s'écrouler, un homme venait de sombrer dans le néant et cela n'affectait ni le vent dans les arbres, ni les couleurs de l'automne, ni l'odeur écœurante des frites qui s'échappait de l'immeuble d'en face. Déboussolée, elle s'était éloignée de la maison pour en avoir la confirmation. Ici et là, des enfants jouaient au ballon, des adolescents boutonneux s'embrassaient, un chien urinait sur le trottoir, tandis qu'une petite vieille se reposait sur un banc sale. Non décidément, rien n'avait changé. Patrice était mort et tout le monde s'en foutait. Elle avait envie de leur hurler qu'un homme venait de mourir et qu'il ne fallait pas vivre comme d'habitude, qu'on ne pouvait pas. Pour la première fois depuis la maladie de Patrice, elle se mit à pleurer, toute seule, au milieu de ses trottoirs sombres et impassibles, de ses maisons insensibles et de ses réverbères placides. C'était donc ça la mort. Elle repensa à la file de voiture heureuse et impatiente un fameux soir de décembre, et elle eut mal à en crever.

V

Ce décès tragique l'invita à prendre son passé en main. Voilà des années qu'elle projetait de le retrouver, lui, cet inconnu, ce père absent. Ce fut la dégénérescence atroce de Patrice qui la décida à entamer des recherches. Depuis l'enterrement, une question obsédante ne cessait de hanter son esprit : et s'il était mort ? Depuis toutes ces années c'était tout à fait possible. Cette idée faisait naître en elle un sentiment angoissant d'impuissance et d'amertume, car alors tout serait perdu, irrémédiablement perdu. C'était cette idée de l'inéluctable, qui l'avait toujours effrayée, et qui une fois encore la poussa à agir, plus que le désir sans doute.

Aux vacances suivantes, elle se rendit donc à Paris. Aux dernières nouvelles – fraîches de plus de trois décennies ! – il s'y trouvait. Depuis tout ce temps, sans doute avait-il essayé de la retrouver en vain. L'oncle Anselme était mort, Tounette déménagée, il n'avait eu aucun moyen de la contacter. Souvent, perdue dans ses rêveries, elle imaginait avec émotion leurs retrouvailles. Au fond, c'est ce qui lui manquait depuis toujours, un père. Un père, oui ! qui forcément lui ressemblerait et la comprendrait, puisqu'au fond elle n'était rien d'autre qu'une partie de lui-même. Elle ressentait un besoin impérieux de lui raconter tout : son enfance passée au presbytère, ses études, sa vie à Paris, son idylle, ses joies et ses déceptions, son bébé aussi qui au fond d'elle ne l'avait jamais vraiment quittée et qu'elle conservait comme un trésor précieux enfoui dans les tréfonds de ses entrailles. Et puis, sa vie à Étretat aussi, ses nombreux voyages, ses joies, ses douleurs parfois, sa solitude souvent… Elle se dit que peut-être elle s'était trompée sur son compte et que ses rancunes enfantines étaient infondées.

Elle se sentait prête à tout pardonner, le rejet, l'abandon, le silence. Tout. Elle voulait un père, à tout prix. En somme, c'est ce qui avait cruellement manqué à son enfance : des parents en qui elle put se connaître et se reconnaître. Elle avait aimé Anselme et elle adorait Marthe, mais elle s'était toujours sentie si différente d'eux ! Oui, elle pouvait tout pardonner maintenant qu'elle avait fait sa propre expérience et qu'elle savait à quel point la vie pouvait être cruelle. Sans doute, sa situation, à la mort de maman, l'avait contraint à l'abandon. Il avait dû s'en vouloir beaucoup. Quel père d'ailleurs ne pourrait souffrir de l'absence de sa petite fille ? Quel père ne pourrait culpabiliser après avoir abandonné son enfant unique ? Non vraiment, il avait assez payé comme ça. Il fallait maintenant tout effacer. Elle pensait avec délice qu'il était là, quelque part, noyé dans cette foule d'étrangers qui constituait l'humanité et qu'il ne se doutait pas que sa petite Gersende en ce moment même entreprenait des démarches pour venir jusqu'à lui.

VI

À sa très grande surprise, ce fut bien moins compliqué que ce qu'elle avait imaginé, presque décevant. Il était resté sur Paris et se trouvait tout bêtement dans l'annuaire. Il y avait une dizaine d'Osswald dans l'annuaire, mais un seul avait pour prénom Éric. Ce fut très facile. Quand elle se trouva là au pied de cet appartement inconnu, au 4 de la rue de Tunis, les immeubles, les passants, l'atmosphère, rien ne correspondait à l'image qu'elle s'en était faite. Il fallait s'y attendre. Elle avait tant de fois rêvé ce moment qu'il ne pouvait qu'être bien éloigné de la réalité. Elle fut déçue, malgré elle, parce que cet endroit ne lui correspondait pas et qu'elle ne se serait pas vue vivre ici, elle. C'était idiot, et pourtant elle sentit que cet immeuble était déjà la première chose qui les séparait. Qu'importe, elle refusa de se fier à son instinct. Elle ne renonça pas.

Comme dans les romans policiers, elle choisit de se mettre en planque dans le café d'en face et d'attendre, le cœur palpitant. De là, s'offrait à son regard une dizaine de fenêtres allant du rez-de-chaussée au dernier étage. Elle essaya de découvrir lesquelles recelait son père. Elle scruta donc chacune de ces ouvertures afin d'apercevoir au travers les couleurs, les motifs, les matières, l'ambiance de ces petits mondes intimes dissimulés. Mis à part les rideaux opaques du premier étage qui conservaient jalousement leurs secrets, les autres offraient quelques indices à ses regards indiscrets. Le second arborait des voilages vieillis aux couleurs passées, laissant voir un affreux papier peint à grosses fleurs rose. Impossible qu'il vive ici, pensa-t-elle avec certitude. Les stores chocolat du troisième, relevés aux trois quarts, dévoilaient eux un mur blanc et nu. Ce petit monde dépouillé correspondait à l'idée qu'elle se faisait de son intérieur. Ses soupçons se portèrent donc sur cet étage, mais le quatrième constituait aussi une piste avec ses sobres voilages blancs au travers desquels on devinait quelques plantes A son grand regret, le cinquième étage se dérobait à elle et contrariait son enquête.

Malgré le froid glacial de novembre, le café avait installé une terrasse bâchée, ouverte sur l'extérieur. Assise là, emmitouflée jusqu'aux oreilles, elle surveillait discrètement la porte de l'appartement. Son gros roman lui servait d'alibi. Elle avalait café sur café, tout en donnant l'illusion d'être absorbée par sa lecture. Le livre ouvert, les yeux rivés sur les caractères, elle rêvait. Elle se demandait si elle serait capable de le reconnaître. Son souvenir s'était effacé de sa mémoire depuis toutes ces années, mais après tout elle avait toujours entendu dire qu'elle lui ressemblait beaucoup. Elle le reconnaîtrait, c'est sûr. Elle se souvenait qu'il était très grand. Elle le rêvait élégant, les cheveux légèrement grisonnants.

La première fois que la porte de l'appartement s'ouvrit, son cœur se mit à battre si fort qu'elle en eut des nausées. Sa déception fut grande. Elle vit apparaître, dans l'encoignure de la porte, une jeune africaine poussant un landau. Elle se trouva alors ridicule et se promit d'être moins émotive et plus patiente. Plus d'une heure après, ce fut au tour d'un petit couple de vieillards, puis d'un poivrot rougeaud qui ne marchait pas bien droit. Elle attendit encore deux longues heures. La nuit commençait à tomber, lorsqu'elle vit arriver un homme très grand, cigare à la bouche, d'un maintien élégant, mais à la tenue vestimentaire singulière. Il ne correspondait pas tout à fait à l'homme de ses songes, pourtant elle le reconnut immédiatement. Elle resta là sottement pétrifiée. Au même moment, la voix d'un inconnu l'interpella : « Eh, salut Grand, j'te paye l'apéro ! » Il s'arrêta, baissa un peu la tête, afin de voir qui s'adressait à lui depuis l'intérieur du bar. Il esquissa alors un sourire suffisant et s'engouffra avec morgue dans le café, bousculant, sans la voir, la jeune fille au gros roman.

Elle l'entendit bavasser vulgairement avec ce type peu fréquentable, se vantant de conquêtes faciles et d'affaires frauduleuses. Rien ne lui fut épargné et sa déception fut complète. Pourtant elle ne voulut pas renoncer. Jusque-là, elle se rendait compte qu'elle n'avait su que fuir. Cette fois-ci, elle irait jusqu'au bout. Après tout, la vie ne pouvait pas être tout à fait mauvaise. Elle attendit donc le moment propice, en s'efforçant de ne pas entendre les propos douteux de ces deux acolytes de chopine.

— Quand il quitta le petit café de quartier, les yeux vitreux, un peu titubant, elle se leva et le suivit. Au moment où il enfonça sa clef dans la porte, ils se trouvèrent nez à nez. Il lui sourit d'un air charmeur, comme un loup mis en appétit par la chair fraîche. Il sembla qu'il s'apprêtait à mettre en pratique une technique de séduction bien rodée. Dégoûtée, elle coupa court à cette situation gênante en prononçant seulement ces deux mots : « Bonjour papa. » Elle aurait voulu qu'il fonde en larmes et qu'il la prenne dans ses bras.

En réalité, sans gêne apparente, il choisit de faire comme s'ils ne s'étaient jamais vraiment quittés. « Tiens, bonjour, ma grande, alors comment ça va ? » avait-il lancé tout en lui faisant la bise, appuyant une main sur son épaule. Désarmée, idiote même, elle ne sut quoi répondre, ne sachant par où commencer. Elle avait tout imaginé sauf ça. Elle ne put pour seule réponse qu'émettre un vague bruissement des lèvres.

— Oh, j'suis content de t'voir, j'te dirais bien de monter, mais pas ce soir, tu comprends, ma femme... Enfin bref, viens

demain matin à onze heures au café d'en face, d'accord ? lui avait-il dit en ouvrant la porte.
— D'accord ? avait-il répété.
— Oui.

La porte s'était lourdement refermée, la rejetant sur ce trottoir sale et impersonnel. Et alors que résonnaient encore les pas de cet homme dans le hall chauffé de son immeuble, elle s'enfonça seule dans la ville obscure et glaciale. Si les lumières des réverbères et des vitrines éclairaient ses pas, son cœur cheminait dans une noirceur absolue. Elle marcha pendant des heures, afin de se perdre complètement. Elle marcha jusqu'à ne plus pouvoir penser, jusqu'à ne plus pouvoir pleurer.

Le lendemain, elle était là à 10 h 30. Il arriva à 11 h 30. Son air était jovial et suffisant. Il l'embrassa, en s'excusant à peine de son retard. Il lui dit qu'il était bien content parce que sa fille était rudement jolie et qu'il était fier. Elle aurait voulu être à ce moment précis borgne et bossue.
— Alors comme ça t'es devenue prof ?
— Oui, de français à Étretat.
— Ah, je connais Étretat, c'est très sympa. T'as fait des études, c'est bien, moi, j'ai jamais été fait pour ça, mais enfin, j'm'en suis sorti quand même. Mais bon, c'est bien, c'est bien. J'suis bien fier, une belle femme et en plus intelligente.
— J'ai pu suivre des études grâce à l'oncle Anselme. Tu ne l'aimais pas beaucoup, mais il a été bon pour moi, tu sais.
— Ah oui ! Le cureton, je l'avais oublié celui-là !

Elle le regarda médusée. N'écoutant même plus les futilités qu'il débitait, elle en vint à se demander comment cet homme avait-il pu oublier celui à qui il avait confié sa propre fille ? Mystère. Elle devait rêver. Tout ceci lui paraissait tellement irréel.

DE PASSAGE

Elle crut cependant devoir prendre la défense d'Anselme, sans toutefois le blesser.

— C'est vrai qu'il avait ses défauts, mais dans le fond je veux croire que c'était un homme bon.

— Ouais, un homme, un homme, si on veut... Oh, excuse-moi, je plaisante, tu ne m'en veux pas, hein ? Tu comprends ces curés pour moi, c'est tous des pédés refoulés enfin, des malades, quoi... à moins que... avec la grosse bonne, j'me souviens plus de son nom, enfin bref, tu vois ce que je veux dire ?

Elle se dit que s'il commençait à attaquer Marthe, elle n'allait pas pouvoir garder son calme.

— Ne dis pas de mal de Marthe. Elle avait prononcé ses mots avec une telle sécheresse qu'il comprit qu'il avait tout intérêt à se contenir, s'il ne voulait pas que ces retrouvailles dégénèrent.

— D'accord, pardonne-moi, c'est vrai qu'elle a dû être un peu comme ta mère.

— Non, maman restera toujours maman, tu ne peux pas comprendre. D'ailleurs, parle-moi d'elle.

— Oh, qu'est-ce que tu veux que je te dise ? répondit-il d'un air embarrassé.

— Elle était belle, n'est-ce pas ?

— Oh oui, certainement, puisque je l'ai épousée.

— Douce et gentille.

— Oh, ça c'est moins sûr, elle me faisait toujours tout un tas d'histoires quand je rentrais un peu tard. Toi par contre, elle t'adorait. Ah ça à toi, elle te pardonnait tout, tandis qu'à moi...

— Tu lui étais infidèle, n'est-ce pas ?

— Ah, non, je te jure.

— Pourtant, dans mes souvenirs lointains, je me revois lui tenir la main, alors qu'elle est allongée sur son lit. Je lui tiens la main et je la mets sur ma joue. Mais toi... toi, tu n'es pas là.

— Ah, mais quand elle est tombée malade, tout a été différent, tu comprends, je ne pouvais plus rester à la maison avec

cette odeur d'hôpital, cette ambiance morose. Et puis qu'est-ce que j'aurais fait de plus à rester là, à tourner en rond ? De toute façon, tu sais, très tôt, le médecin m'a dit qu'il n'y avait plus rien à faire. Qu'est-ce que ma présence aurait changé à tout cela ? Non, vraiment, tu sais, la vie ne m'a pas fait de cadeaux.
— Alors tu m'as abandonnée.
— Oh, les grands mots ! Pas du tout, jamais je ne t'aurais abandonnée. Je t'ai confiée à un proche parent, nuance !
— Pourquoi n'as-tu jamais pris de mes nouvelles ?
— Oh, j'ai voulu, tu sais, mais ça t'aurait perturbée. Et puis j'avais beaucoup de travail à l'époque. J'étais jeune aussi, il faut me comprendre ! J'avais pas mérité ça, j'avais ma vie à faire ! Je savais de toute façon que tu étais entre de bonnes mains.
— Auprès de gens que tu détestais ! dit-elle indignée.
— Oh allez, ne m'en veux pas, lui dit-il en souriant et en l'enlaçant, tout ça c'est du passé. D'ailleurs tu dois savoir ce que sont les histoires de couple à ton âge, tu es sûrement mariée ou bien tu as un fiancé, hein ?
— Non.
— Moi, je viens de me remarier avec une jeune femme, de ton âge d'ailleurs, c'est drôle la vie !
Non décidément la vie n'était pas drôle du tout. Elle sentait qu'elle n'aurait jamais dû venir ici et elle aurait donné n'importe quoi pour faire machine arrière. Elle n'avait qu'une envie, c'était de disparaître là dans l'instant.
— Tu as des enfants ?
— Non, mais…
— Nous, on a pour projet de faire un bébé cet été, c'est formidable, non ? Quand même tu devrais y penser. Tu sais on vieillit plus vite qu'on ne croit. Enfin, les femmes surtout. Moi, tu vois, j'ai su rester jeune. Je m'habille à la mode, je sors tous les soirs. Je ne suis pas un pépère rangé, j'en jette ! Et tu sais que je plais encore pas mal aux minettes, qui…
— Oui, c'est ça à des midinettes sans cervelle…

Ça y est, elle n'avait plus envie d'être agréable, plus envie d'espérer. Elle commençait à devenir ironique et mordante.

— Mais pas du tout à des femmes très bien ! Il crut bon de devoir changer de sujet et de revenir à l'oncle Anselme. Alors au fait, comment va mon ex-beau-frère ?

— Il est mort, dit-elle de la façon la plus naturelle du monde savourant l'effet attendu.

— Pas possible, oh, bah ça alors, vaut mieux pas avoir le bon Dieu de son côté, hein ? dit-il en riant. Puis tout d'un coup, son visage changea. Ses yeux surtout. Une idée venait de lui traverser l'esprit : mais alors tu es riche, ma petite fille ? Elle fut effrayée de ce regard cupide.

— Riche, non, mais j'ai hérité d'une jolie somme.

— Ah, t'as de la chance, tu vois tu devrais me remercier, quelque part c'est grâce à moi. Et évidemment à son pauvre beau-frère veuf, il n'a rien légué, n'est-ce pas ? Ah ! Bravo la charité chrétienne !

C'en était trop. Rouge de fureur, elle hurla qu'il avait élevé une enfant de salaud et que ça, c'était peut-être déjà pas mal en guise de charité chrétienne. Puis elle était partie violemment cognant et renversant tout sur son passage.

Lorsqu'il la rattrapa dans la rue, il lui dit en souriant ses quelques mots qui allaient la poursuivre jusqu'à la fin de sa vie. Il lui dit qu'elle était bien sa fille, la chair de sa chair, parce qu'ils se ressemblaient en tout : la même assurance et arrogance, le même sale caractère, la même impulsivité. Il dit cela avec enjouement et fierté. Elle resta figée, comme pétrifiée. Était-elle vraiment le double de cet homme égoïste, puéril et cupide ? Son sang était-il réellement le fleuve de cette mer qu'il portait en lui, une mer croupie et bacillaire ? Il la dégoûtait et pourtant il lui fallait bien admettre qu'elle était indéfectiblement liée à la chair de cet homme, à ses organes, à ses tripes. Comment était-ce possible ? Pendant que toutes ces questions l'écrasaient, elle demeurait muette et immobile. Ce qui l'ennuyait le plus, c'étaient les points de ressemblances physiques qui les liaient de façon éclatante et qui lui rappelaient que, oui, elle était bien la fille de cet homme-là et que forcément elle était un peu de cet homme-là.

Lui ne cessait de babiller et de rire, en minimisant l'altercation qui venait d'avoir lieu. Il cherchait à la prendre dans ses bras puant le tabac froid et la mauvaise foi. Elle se débattit sans brusquerie, se recula calmement et s'excusa d'être venue. Elle reconnaissait que c'était une erreur et qu'elle n'aurait jamais dû chercher à le revoir. Il protesta violemment. C'était ridicule, il fallait rattraper le temps perdu, maintenant qu'elle était grande, il pouvait s'amuser et se comprendre ! Il lui expliqua qu'il venait de faire une bonne affaire et qu'il avait quelques billets à dépenser.

— On ira au resto puis faire les boutiques, ou on se rendra aux courses, j'ai de bons tuyaux et ce soir j't'emmène dans une boîte que je connais bien, j'te présenterai mes amis et...

— C'est un père que je suis venue chercher, pas un acolyte de débauche. J'avais besoin d'une écoute, d'un réconfort. En venant ici, je cherchai un homme capable de refermer la blessure qu'il m'avait infligée, il y a de cela maintenant une éternité. Une personne, assumant son âge, qui puisse me délivrer de mon passé pour mieux me guider dans l'avenir.

— J'ai pas tout compris, sauf que tu dois être bien déçue : je ne suis pas vieux, moi, ni ringard. J'ai envie de m'amuser et puis j'ai une femme jeune et plein de potes. Je ne regrette rien, c'est ma devise. Si t'attends de moi que je sois un vieux con en charentaises, tu te trompes. Je ne suis pas un gâteux, bouffé par le remords. Et puis, je t'ai confié à ton oncle à la mort de ta mère, y a quand même pas de quoi en faire un drame, j'aurais pu t'abandonner, mais je l'ai pas fait, merde alors, t'y as pensé à ça ? Tu crois quand même pas que ça m'empêche de dormir le soir. Trouve-toi un gars, chérie, tu seras moins aigrie. Allez stop, on arrête là, OK, viens avec moi ce soir, je connais quelques célibataires qui pourraient te plaire. Il faut te décoincer un peu, ça t'a pas réussi l'éducation du curé.

— Je m'en vais, je rentre à Étretat. Désolée de t'avoir importuné.

— Eh ! T'es une sacrée tête de mule, oh, et puis, fais pas cette tronche-là. Tu vois, cette mauvaise humeur et cet esprit trouble-fête, tu le tiens de ta mère. Tu voulais que je te parle d'elle ? Hé ben, voilà c'est fait, toute cette grisaille et ce sérieux, c'est elle. Allez, relax. La prochaine fois que tu viens à Paris, on se fait une virée, OK ?

— Je ne vais pas souvent à Paris.

— Bah, faut bien qu'on s'appelle de temps en temps, t'es ma fille quand même. Tu me téléphoneras ?

— On pourra s'écrire si tu veux.

— Ah bah ça sûrement pas ! Je déteste lire, ça m'ennuie. Les lettres de ta mère faisaient toujours deux pages ! Je ne trouvais pas le courage de lire le quart ! Et puis, écrire, c'est pas du tout pour moi, c'est bon pour les intellos, non merci.

— Au revoir.

— Attends, tiens, prends ce papier, y a mon numéro dessus. Toi aussi, donne-moi le tien.

— Je viens de déménager et je n'ai pas encore le téléphone, mais je t'appellerai. Au revoir.

VII

Debout sur le quai, dans le bruit et dans le froid, une femme au visage détruit, au corps lassé, attend le train qui la plongera dans la nuit. À son corps frêle et ses yeux clairs, on devine qu'elle a dû être jolie à un moment lointain de sa vie. Dans un dernier effort, elle semble lancer une myriade de petits papiers déchirés qui valsent en pluie fine tout autour d'elle.

Neuvième partie

I

J'ai 75 ans et rien d'autre.

Je n'ai pour moi que mes années toutes enfouies dans chacun des sillons de mon corps. C'est tout ce que j'ai réussi à construire au cours de mon existence. Des autoroutes, je construis des autoroutes dans mon cou, sur mon front, au coin de mes yeux. Plus d'amants, pas d'amour, ni celui d'une mère, encore moins d'un père, ni d'un homme, ni d'un enfant. Je suis désespérément seule. En société, avec mes amis, je suis seule. Avec mes anciens élèves, dans la rue, au restaurant, chez moi, je suis seule. Toujours seule, même en compagnie.

II

Depuis plus de trois heures maintenant, une femme est assise sur ce banc public. Elle ne fait rien d'autre que de fixer la façade immobile et impassible de la maison d'en face. Recroquevillée sur elle-même, les yeux dans le vague, elle reste là, muette et absente. Ses yeux sont vitreux, au bord des larmes, mais elle ne pleure pas. Elle ne parle pas. Elle ne bouge pas. Elle est seulement là, un peu, très peu, à peine. Seuls ses grands yeux suppliants, accrochés, agrippés à la façade d'en face nous rassurent sur son existence réelle. Le reste de son corps enfoui sous des nippes amples et sombres est peut-être absent. Un mirage, un souvenir, une image. Elle n'existe déjà plus. Les passants la contournent sans la voir, la bousculent même sans s'en rendre compte : pire que le mépris, l'ignorance totale. Quand les autres ne nous voient pas, nous n'existons plus.

Il pleut à présent. Ses cheveux ruissellent sur son corps vieux et fatigué qui frissonne par à-coups. Ses vêtements imbibés collent à sa peau, dessinant une silhouette frêle et décharnée, privée de toute beauté. Ils dévoilent l'abominable travail de sape de la Vieillesse : les mutilations, la chair meurtrie et rognée. Elle grelotte, elle souffre, mais elle reste. Elle est là, indéfectiblement. Tout au long de sa vie, elle a été absente. Elle est partie, elle s'est enfuie, mais cette fois-ci, elle est là, même si c'est trop tard, même si tout est fini, elle est là. Elle est défigurée par la vieillesse, elle a mal et elle est fatiguée, mais elle ne bouge pas.

DE PASSAGE

La pluie a cessé, il fait même beau maintenant. Elle a les yeux fermés. Depuis quelques minutes, elle écoute une mélodie qui s'échappe d'une fenêtre ouverte de la maison d'en face. Si l'on regarde bien, on se rend compte qu'elle a mis ses mains dans ses poches et qu'elle bat discrètement la mesure avec ses doigts déformés. Elle sourit et, sur ses joues, roulent les larmes qu'elle avait retenues jusqu'alors. De toutes petites gouttes voyagent à travers les sillons de son visage, irradié par une lumière intérieure. Elle goûte chacune des notes échappées et on sent qu'elle revit des souvenirs heureux et lointains. Mais Dieu, qu'elle est laide ! Plus elle sourit, plus elle se défigure. Les stries de son visage sont contrariées par d'autres, en sens inverse, offrant l'image d'un miroir brisé. Qu'importe ! Elle semble apaisée par cette musique qui l'emporte loin, très loin.

Un homme vient d'apparaître à la fenêtre, il pleure, très fort, il la regarde. Il n'y a plus de musique. Ils ont l'air con ces deux vieux-là. Ils restent là à pleurer. Elle a ouvert les yeux et ils se regardent maintenant comme ça, de loin, sans bouger, elle sur le banc, lui à la fenêtre. C'est drôle, dans son regard à lui, il y a comme des milliers de questions sans réponse et une terrible incompréhension. Le dégoût d'un gâchis total.

III

Ce soir-là, ils n'ont pas osé s'embrasser, encore moins se parler. Ils ont dormi l'un contre l'autre tout habillés se serrant jusqu'à l'étouffement, sans dire un mot. Toute la nuit, il l'a respirée, de toutes ses forces, à pleins poumons, pour réaliser, pour se persuader. Il a enfoui sa tête dans sa chevelure encore épaisse, mais grisonnante, comme pour s'imprégner de son odeur. Elle, elle s'est blottie dans le creux de son ventre, comme une enfant, fragile et triste. Elle a cherché à se fondre en lui, à faire partie de lui.

Tout au long de cette nuit, le beau ténébreux et la délicieuse insolente ont cherché à se retrouver dans le regard de l'autre, à exhumer les vestiges d'une époque révolue. Ils ont caressé le miroir mutuel de leur jeunesse perdue, l'image de leur bonheur à jamais enfui. Du beau brun de la plage et de la belle arrogante au corps si excitant, il ne reste rien d'autre qu'une image déjà floue dansant dans leur tête lourde et fatiguée. C'est leur trésor, leur précieux secret, que personne ne veut percer et dont tout le monde se fout. Ils vont mourir bientôt et la petite chambre aux persiennes bleues demeurera muette à jamais. Les passants circuleront entre leurs tombes sans savoir le bonheur, l'amour ni la jouissance de ces deux squelettes pourrissants.

Bien sûr, les nuits suivantes, dans l'obscurité totale, ils ont fait l'amour, pour essayer de rattraper le temps perdu sans jamais y arriver, se dégoûtant de gâcher ainsi les souvenirs de chair fraîche et appétissante qui hantaient leurs nuits avec bonheur. Ils ont embrassé de leurs lèvres gercées la peau rude et craquelée, enlacé le corps osseux et fragile, caressé le sexe blanc et stérile.

Après seulement, sont venus les mots. Il lui a dit qu'après elle, il avait essayé de refaire sa vie, qu'il s'était marié et avait eu trois enfants. Jamais, il n'avait cessé de l'aimer. Pendant des années, le soir, au fond de son lit, il avait rêvé de ses seins, de ses mains, de ses éclats de rire, comme un adolescent malheureux. Il lui a dit aussi qu'il avait fait des choses insensées et ridicules, comme lire et relire ses livres préférés à elle, ceux qu'il n'avait pas pris le temps de lire lorsqu'ils vivaient ensemble. Il avait eu alors ce sentiment idiot d'être avec elle, chaque fois qu'il tournait les pages qu'elle avait tant aimées. Il l'avait haïe aussi, de toutes ses forces, au moins autant qu'il la désirait les nuits de fièvre. Il l'avait détestée parce qu'il n'arrivait pas à se défaire d'elle. Il lui en avait terriblement voulu quand sa femme avait demandé le divorce, expliquant qu'elle ne pourrait jamais rivaliser avec une maîtresse absente et si souvent fantasmée dans le lit conjugal.

Elle lui a demandé pardon, il lui a dit merci.

Dixième partie

I

Le soir tombe sur la ville. Il y a là-bas un vieil homme seul qui pleure, entouré de ses enfants, paniqués, qui s'agitent, s'activent, se démènent.

II

Les narines et la bouche investies jusqu'à la lie de terre poussiéreuse, elle s'en va. Décharnée, dégénérée, elle s'en va. S'enfonçant dans les profondeurs de la terre pourrissante, charogne repoussante, elle s'en va. Sans un signe du Dieu d'Anselme, inéluctablement, elle s'en va. Elle s'en va et personne n'y peut rien. Elle s'en va, et le reste de l'humanité s'en fout. Dans le plus grand des silences, ce pantin démembré gît à même le sol pendant que le soir s'installe et l'étouffe méticuleusement. C'est un cadavre, enfin presque. Lorsqu'on s'approche de très près et qu'on attend, on peut remarquer que ce n'est pas encore tout à fait la fin. Ses paupières sursautent encore très légèrement et sa bouche semble se crisper de temps à autre, sans certitude. À l'intérieur de ce corps inerte et silencieux, bouillonne toute une vie qui refuse de s'éteindre et qui lutte en vain. Triste combat.

Je ne veux pas mourir ! Pitié ! Je veux encore voir le soleil qui se lèvera demain, sentir la fraîcheur du soir tomber sur mes vieux os. Pitié ! Dans quelques minutes, le rideau tombera et je serai plongée dans le noir complet à jamais. Au secours ! J'ai si peur. Je ne veux pas sombrer dans ce néant total. Je ne veux pas que tout s'arrête, pendant que d'autres continueront à rire et à s'aimer. C'est terrifiant ! Non, non, je ne veux pas mourir et pourrir et n'être plus rien qu'un nom sur une pierre. Au secours ! Ma petite maman, cher Anselme, tendre Tounette, et toi mon petit ange adoré, qui pensera à vous désormais ? Dans quelle mémoire vivrez-vous ? Vous disparaissez avec moi et, plus qu'un corps, c'est tout un monde qui va s'enfouir et pourrir dans les entrailles de la terre. *Ruben chéri, tes enfants, tes petits-enfants à toi, qui sont aussi un peu les miens, je ne veux pas vous perdre, je vous aime tant. Restez avec moi, restez, revenez, je vous sens déjà si loin de moi. Revenez, revenez ! Vous me laissez seule, tellement seule. J'ai si peur. Oh, Ruben ! Je te demande pardon, mon amour, pardon pour tout ce temps perdu et gâché. Je ne t'ai offert qu'une quinzaine d'années, les plus tristes, les plus arthrosées, les plus désenchantées. Les plus stériles surtout. C'est seulement maintenant que je comprends tout, là, quand il est bien trop tard. Non, non ! Je veux recommencer notre histoire, pour la reprendre juste à la sortie de l'appartement 14. Je veux t'aimer dans le silence et l'habitude, sans feu ni passion. Je veux rentrer le soir, éreintée, et m'abandonner dans tes bras. Je veux te faire l'amour avec délicatesse et sans fougue. Je veux vivre à tes côtés, sans rien espérer d'autre que le bonheur d'être ensemble. Je veux vieillir avec toi et te trouver toujours beau. Je veux élever nos enfants dans le bruit et la fatigue du quotidien. Je veux nous construire une vie solidement banale. La banalité, c'est si difficile à atteindre. Je veux affronter avec toi les affres de l'existence et tenir ta main quand tout va mal. Nous mettrons toute notre énergie à construire d'immenses murailles tout autour de notre petit bonheur. Nous serons absolument comblés, lorsque nous irons tous nous coucher, vivants et en bonne santé. Nous aspirerons à la simplicité et ce sera le grand défi de notre vie. J'emploierai toutes mes forces à te séduire encore et encore, malgré la pluie, la fatigue et l'ennui. Je te demande pardon. Pardon pour tout ce temps perdu, qui ne reviendra jamais. Je me suis trompée, j'ai tout gâché. Je voudrais une autre vie, sans livres, sans rêves et sans attentes. Je voudrais une autre vie. Anselme, tu avais raison sur un point, le plus essentiel. Comment savais-tu cela, toi qui n'as jamais aimé qu'une chimère ?*

Derrière la montagne, le désert.

Remerciements

Merci à toi, mon amour, et à vous, mes merveilleux enfants, sans qui rien ne serait possible. Vous êtes, tous les quatre, ma force, mon énergie, mon équilibre et mon désir de vivre.

Du fond du cœur, merci à ma mère, exemplaire, pour son soutien indéfectible et son amour inconditionnel, à Frédéric pour sa grande qualité d'âme et sa personnalité exceptionnelle, à ma sœur, pour nos éclats de rire comme nos engueulades et pour tout ce qui nous lie indéfectiblement, à Jonathan, Rémi, Justine, Pierre et Marine pour tous ces moments passés ensemble, et à mes beaux-parents pour leur aide précieuse au cours de nos innombrables déménagements.

Enfin, une pensée toute particulière pour toi, André, qui nous as quittés depuis maintenant trois ans et qui nous manques toujours autant. Ce livre, c'est mon Afrique à moi…